上篇
——不得不承认，爱情有时候是一种沉沦

一 /3

二 /15

三 /31

四 /47

五 /55

六 /63

七 /79

中篇
——爱情没有一帆风顺

八 /89

九 /109

十 /123

十一 /133

十二 /157

十三 /165

下篇
——走出失恋,时间会让你更幸福

十四 /183

十五 /205

十六 /217

十七 /227

走出失恋，时间会让你更幸福

校园纯情初恋暖男 VS 职场暖昧职业型男

一本为情感指路的女性自励指南

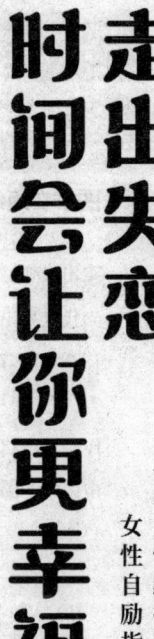

潇妃燕 著

当代世界出版社
THE CONTEMPORARY WORLD PRESS

图书在版编目（CIP）数据

走出失恋，时间会让你更幸福 / 潇妃燕著. -- 北京：当代世界出版社，2017.7

ISBN 978-7-5090-1235-2

Ⅰ. ①走… Ⅱ. ①潇… Ⅲ. ①长篇小说－中国－当代 Ⅳ. ① I247.5

中国版本图书馆CIP数据核字（2017）第156235号

书　　名	走出失恋，时间会让你更幸福
出版发行	当代世界出版社
地　　址	北京市复兴路4号（100860）
网　　址	http://www.worldpress.com.cn
编务电话	（010）83907332
发行电话	（010）83908409
	（010）83908455
	（010）83908377
	（010）83908423（邮购）
	（010）83908410（传真）
经　　销	全国新华书店
印　　刷	三河市兴国印务有限公司
开　　本	889毫米×1194毫米　1/32
印　　张	7.5
字　　数	150千字
版　　次	2017年8月第1版
印　　次	2017年8月第1次
书　　号	ISBN 978-7-5090-1235-2
定　　价	39.80元

如发现印装质量问题，请与承印厂联系调换。
版权所有，翻印必究；未经许可，不得转载！

走出失恋，时间会让你更幸福

上 篇

——不得不承认,爱情有时候是一种沉沦

一

六月是个离别的季节,赤日炎炎,落英缤纷,给人一种异样的离愁别绪。那些在校园中度过了一个个青葱岁月的莘莘学子,在闹过、笑过、哭过之后,完成了自己的成年礼,走出校园,踏上社会,重新开启自己的人生旅途。有人兴奋异常,也有人焦灼不已。走过曲径通幽的羊肠小道,看着莲花满池的美丽景色,董鹿的心中忐忑不安。回想着往昔的点点滴滴,她不确定自己到底会有怎样的未来,校园的别离就是人生的新篇章,未来的生活更加多姿多彩,充满着挑战与刺激，她心中其实早已按捺不住了。从小就有雄心壮志的她，早就想放手一搏了，好不容易等到了机会，却又犹豫了，因为始终还是不知道该怎样在爱情和事业之间做取舍。肖白是她相恋多年的恋人，两人早已到了谈婚论嫁的地步，本想着等到彼此工作稳定一点之后就商量婚事的，但是现在董鹿迷茫了。她觉得今天可能会是两人的最后一次见面，她不知道该怎样向肖白解释这样选择的理由。

原本两人约好一点钟见面的，但是这才十一点多，董鹿就早早到了约定地点。此时微风徐徐，湖面平静，鸟语花香，一片祥和。但是董鹿无心欣赏这样的良辰美景，心中直打鼓，终于在等了一个半小时之后，抉择之时来临了。肖白看见董鹿早早就来到了约定的地方，马上跑了过来："大小姐，到底是什么大不了的事情让你这么火急火燎把我叫出来？"

董鹿不知道该说些什么，低着头一言不发。看到董鹿这样，肖白就更着急了："到底是什么事情啊？是不是家里出了什么事？"

"就是关于工作的事情。我不想去那家酒店了。"

"怎么了？上次面试的时候不是都说得好好的吗？你先

别着急,我这就去找我爸,让他再去想想办法。"

"不是,是我自己不想去了。"

"怎么了?这么好的机会为什么就放弃了?你知不知道为了咱俩的事我爸爸有多操心?你倒好,开始耍性子了。你有没有想过别人的感受?"

一听董鹿这话,肖白就气不打一处来,因为现在就业困难,所以在他们刚刚考上大学的时候家里就开始忙开了,肖白的父亲这几年一直没消停过,就是想给儿子和董鹿找一个好点的工作。现在终于靠着自己的关系,让儿子和董鹿一起有了好工作,但是董鹿却在这个时候掉链子,怎能让人不恼火。

知道肖白急了,董鹿马上就安慰他:"对不起,我知道这件事情欠妥当,但是我一直都跟你说过,我不想按照父母的愿望按部就班地生活。"

"既然是这样,当时帮你张罗的时候你就不要同意啊!现在弄得我爸里外不是人了。就没见过你这样自私的人,不管怎样你一定要去那里上班!"

"我什么事情都可以跟你商量,但是这件事情没有商量的余地。我既然已经做出了这样的决定,就不会再改变了。我要为自己的未来打拼,我不想一辈子就只做一个小小的齿轮。这是我的机会,我不会放弃的。"

"好,这话是你说的,你不要后悔!如果你不去那里上班的话,那我们分手好了,反正你也不会在乎爱情的,你的心里不是只有工作吗?"

尽管这是董鹿意料之中的答案,但是当这句话真的从肖白嘴里蹦出来的时候,她还是不能接受,整个人傻傻地站在那里,眼泪夺眶而出,几分钟都说不出话来。肖白气得面红耳赤,也没有在意董鹿的反应。董鹿慢慢缓过神来,用尽自己的力气说了最后的几句话:"好,我明白你的意思了,虽然我很想跟你在一起,也很爱你,但我不想多解释了,这么久的点点滴滴足以证明了。我之所以在你父亲帮我找工作的时候妥协,只是为了陪你一起成长。这几天我一直在想工作的事情,这真的不是我要的生活,我不想做生活的傀儡,我想做生活的主人,可是你不是这样想的。我想跟你结婚,但是事实证明我们之间真的不合适,那就只能祝你幸福。我爱你,再见!"说完之后,董鹿就跟跟跄跄离开了,流着泪祭奠自己的初恋。她不敢抬头看肖白的反应,一看自己就会心软妥协。过着自己难以控制的生活，这不是她想要的。所以只能忍痛离开，没有一丝的犹豫不决。

看着董鹿心意已决，肖白开始后悔自己说话太冲动，心如刀绞。自己努力规划着未来，新娘却临阵脱逃了，他的眼泪也不争气地流了下来。他知道自己的一句软话，就能挽回这个局面，但是他不愿意，他为了她，放弃太多自己的原则了，这一次伤害的不只是自己，还有自己的父母，孝是自己最后的底线和原则。痛，却还是忍着，哭着看自己心爱的女人离开，留下自己一个人傻傻地回忆过往，痛哭流涕。

回家之后的董鹿连饭都没有吃，父母亲很担心她，但是也知道自己的女儿从小就偏，谁劝都没有用，也就只能由着她去了。董鹿回到自己的房间后就开始一直哭，看看这样的架势，父母也猜到了，一定是又和男朋友吵架了，只能在一旁干着急。

肖白回到家以后，就把自己关在房间里，什么事情都不做，只是躺在床上盯着天花板发呆。中午的时候肖白的父亲已经接到了电话，知道董鹿的事情了，才断定两人一定是因为这件事情闹矛盾了，就开始安慰自己的儿子，希望他想开点。

在父亲的一再追问之下，肖白才将之前事情的经过都说了出来。肖白的父亲虽然也恼火董鹿这样的做法，但是也很欣赏董鹿这样自食其力的想法，希望肖白能冷静地想清楚自己到底还要不要继续这段感情，不要等到最后才开始后悔。

听了父亲的劝说之后，肖白也觉得自己当时似乎真的太冲动了，什么事情都没问清楚就提分手，真的很不成熟。但是现在事情到了这样的地步，又不好去跟董鹿道歉。原本想着，董鹿会打电话过来求原谅的，可是这一次他失算了，董鹿自从离开之后就再也没有消息了，尽管只是过了几个小时，对他来说却像是过了几辈子那么漫长。当时的恼怒变成现在的思念，他的脑中开始过电影。当初第一次见面的时候，董鹿那么阳光活泼，他对她一见钟情开始追求，费了九牛二虎之力才把自己的梦中情人追到手。爱情来之不易，而自己却这么不知道珍惜。董鹿似乎下定了决心再也不联系他了，肖白慌了。在分手的那一刻他删除了董鹿所有的联系方式，可是董鹿的电话早就已经深深刻在他的脑海中，他再也受不了这样的煎熬了，立即拿起电话打了过去。

他本以为，经过这件事情之后董鹿就不会再接他电话了，但是没想到董鹿居然接电话了，她的声音还有些抽泣，声音都哭得沙哑了，却还是假装镇定，冷冷地说："怎么了？你还有什么话要补充吗？"

听到董鹿这样抽泣的声音，肖白的心都软了，可是为了在女朋友面前不丢面子，他还是装作生气地说："你脾气还挺大的，明明是自己做错了事情，现在还这样理直气壮的。"

董鹿原本以为他是为了要跟自己复合才打电话来，心里有些美滋滋的，没想到是要说这个，伤心加生气，也不服软："你要是想为这件事情继续纠缠的话，那我跟你道歉，要是还不够的话，我再去酒店那边解释一下，不会让你爸为难的。"

肖白一直很欣赏董鹿的性格，都这时候了，这丫头还是这么个倔脾气，不自觉就笑出了声音："我说你就不能好好服个软啊？我不就是那天脾气大了一点吗？你至于现在还耿耿于怀吗？"

自己又伤心又生气的，结果肖白还在笑，董鹿心里不平衡了，就开始发作："我没有啊，是你说我们以后再也不要联系的，也是你说我们要分手的，又不是我说的。"

"我说你就听啊？那我让你去上班你怎么就是不听话呢？"

"这是我的原则，也可能是我唯一的机会，我不能放弃。"

"明白了。那如果我现在说我当时说的话都是气话，都不算数，你听不听啊？"

"你这是一时兴起呢，还是经过深思熟之后的决定？我不想你再为自己的冲动做后悔的事。"

"我想清楚了，每个人都有自己的理想，我不能扼杀你的梦想。而且我爸也说你这样的女孩子很难得，我不能放弃你，不然我想我以后一定会后悔的。而且，我也很好奇是怎样的机会会让你有这么大的决定。"

"其实，我想去的那个地方是个很偏远的、还在筹建的酒店。但是我觉得就是因为这样，我才能最快地知道一个酒店的运作，才能从中找到自己的机会。那种早以成型的酒店太稳定了，几乎不会有很大的发展空间。"

"你越说我越好奇了，到底是哪个酒店？"

"上海九鹿森林温泉度假酒店，我这边有它的简介，你要是有兴趣的话可以来我家看看。"

"你现在在家吗？"

"在啊，你现在就要来吗？"

"那好，那你开门吧，不到一分钟我就到你家门口了。"

肖白本是打算直接到董鹿家里去的，但是一来担心董鹿不想见他，二来怕她有什么事情出去了，所以没有直接去敲门。现在得知她就在家中，还不马上去看看。

听到女儿说肖白就在门口，董鹿母亲也吓了一跳，一边开门一边说："小白啊，你看你来这里也不提前说一声，我这什么都没有准备，要不晚饭我们出去吃吧？"

"没关系的，阿姨，您做饭这么好吃，再普通的菜也是美味佳肴，我喜欢在你家蹭饭。"

"小白说话阿姨就是爱听啊，不过这鹿鹿才是我们家的心肝宝贝，你要是再把她弄哭了，说再多好话阿姨也不会放过你的。"

"好了，妈妈，您就快做饭吧！我们还有事情要说，您就别管我们了。"看见母亲说话越来越没边儿了，董鹿马上制止了她。

肖白一边点头一边看向董鹿，发现她红红的眼睛和湿润的眼眶,那眼睛肿得跟核桃一样大,就开始暗暗窃笑。

来到董鹿的房间之后,他说:"电话里你不是还挺能装的吗?怎么现在眼睛这样子了?"

"你少来。"董鹿一边说,一边转身开始找东西,"你自己看吧,这就是那家酒店的介绍。"

肖白拿起简介一看,先是看见一个醒目的名称"上海九鹿森林温泉度假酒店",之后就是关于酒店的一些介绍,比如占地 1400 亩,是上海第一家露天温泉,还有一些户型、周边环境和温泉方面的介绍。"看这样子还挺不错的,就是位置偏远了一点,交通不是很方便。不过要是能吃苦的话,这对我们来说还真的是个不错的机会,很值得去闯闯看。"

"你这话是什么意思?你不会也打算去应聘吧?"

"有什么不可以的吗?我怎么知道你能不能在那里好好生活?你这样的娇小姐,万一被人欺负怎么办?再说我爸也很希望年轻人自己去闯荡,我这叫孝顺。"

"你算了吧,看你这大少爷脾气,我就怕没两天你就回来了,到时候丢不丢人啊?再说,你爸不是已经帮你安排好工作了吗？"

"这你就放心吧，我是超人，只要是我做的决定就不会改变的。你不要小看我们的老肖同志，这点事情对他来说就是毛毛雨，没事的，就等着看我大显身手吧。"

"那你打算去那里做什么呀？"

"我做什么都可以啊。你呢，想做什么？"

"我学的是文秘，当然是希望做秘书或者助理之类的。"

"好的，看着吧，现在你是他们的秘书，但一年之后你就是我的秘书了。"

"不吹牛你会死啊？就知道好高骛远，等你在那里干一年再说吧。"

"你等着瞧吧！你什么时候去面试，记得一定要叫上我。"

"好的，知道了。"虽然嘴上这么答应着，但是董鹿却觉得这件事情让人有点不放心，原本是自己想去闯天下，但是现在肖白也要跟着去，她向来是知道肖白的，从小就是被家人捧在手心，连衣服都没有自己洗过的少爷，现在要去吃苦，哪有这么顺利的。前面的路到底是怎么样的，董鹿自己心里都没底，只知道可能不会顺利，是一条曲折而漫长的苦难道路，她的心中不免开始为两人的未来打鼓。

二

上午还在为两人的分手哭哭啼啼,下午两个小情侣就又恢复到了你侬我侬的初恋状态,一切就像没发生过一样,难得的是肖白不仅放弃了早就联系好的工作,而且还要跟着她一起去闯。知道这是肖白不放心自己,但是眼下自己的烦恼总算是解决了,两人的目标一致之后,董鹿就开始打听酒店的具体位置和路线,等一切都了解好了,她就要准备去面试了。尽管董鹿知道肖白是个对什么事情都三分钟热度的人,但是既然之前答应提醒他了,还是象征性地跟他说了马上就要面试这件事情。出乎她意料的是，这次肖白很积极地准备着面试，还主动跟她约定了具体的时间和路线。

在一切准备就绪之后，肖白就和董鹿一起去面试了，但是随着车子的一路前行，肖白的牢骚就越来越多了："哎呀我说，这是什么破地方啊，越走人越少了。这里都是些乡下老房子，哪有度假村的样子？你是不是记错了？"

"度假村确实是在比较偏僻的地方，我们不是之前就知道了吗？你要是现在就叫苦连天的，那就不要去了。"

"开玩笑的嘛，你怎么这么开不起玩笑？"肖白知道董鹿的脾气，不喜欢满腹牢骚、拖泥带水，自己心里再大的抱怨也不说了，抱着一副既来之则安之的态度静静坐车。

二人到了指定地点后，看到前前后后人烟稀少，路边只有几个卖东西的小贩，连个像样点的店铺都没有，更不用说大卖场了。"侬确定就是此地哇？"

"侬亏到就是此地哇？"董鹿指了指前面公司的那个标牌，果然像人家说的一样，有个蓝色标牌，现在只要进去就能找到面试的地方。但是肖白却开始打退堂鼓了："哎哟，么啥好厄呀，一塌糊涂。"

"现在已经到门口了,你的'口音'也要改改了,请讲普通话!"听到肖白阴阳怪气的腔调,董鹿开始不高兴了,"既然来了就去看看,你要是现在想走的话,尽管走好了,反正我是一定要去面试的。"

"好的,大小姐,你说什么就是什么吧。"说着肖白就不情不愿跟着董鹿来到了人事部,一看这规模,两人都有点目瞪口呆了。几个部门就只有几间办公室和几台电脑,连空调都没有,更不用说其他设备了。但是董鹿还是下定决心一定要留下来。

填完表格之后,两人分别面试,之后就是人事部负责人开始向他们介绍酒店现在的一些近况:

现在的酒店正在筹备当中,预计这个月开业,现在的条件比较艰苦,不过以后会慢慢好起来的,员工也会在业余时间有自己的娱乐空间。只要熬过这段最艰苦的时期,以后就有梅花扑鼻香了。现在的作息时间也是比较辛苦的,每周是做六休一,但是以后会有所调整的。

肖白根本什么都没有听进去,因为他觉得董鹿一直都是个千金小姐,怎么可能答应在这样的环境下工作,所以他现在一心想的就是两人应该去哪里玩一下，然后再让他父母帮忙找个好工作。

　　人事部面试完后通知他俩到总监那里去面试。一路上肖白心里暗暗纳闷，今天董鹿是怎么了，这样的苦她居然也愿意吃。不过，他还是坚信，董鹿不会在这样的环境下坚持下去的，此刻不过是想再看看而已。

　　总监面试的时候还是一样，两人是分开的。董鹿面试好之后还是始终微笑着，肖白觉得可能要事与愿违了，带着忐忑的心情就去接受面试了。尽管总监看起来是个潮人，年龄也不过三十几岁的样子，但是说出来的第一句话就让肖白心中很不爽，他说："虽然你们都是酒店管理专业的，而且都是本科文凭，但是你们现在都没有什么社会经验，你要知道实践和理论是有很大差距的。那个女孩子我已经跟她说过了，先从文员做起，要是表现好的话还有机会提升，否则就只能当个文员了。你呢，先从服务员做起，体会一下最底层员工的生活和工作，这对你以后的管理工作是有帮助的。能不能得到提升也是要看你自己的能力，谁一生下来也不是管理者的料，我们也都是从服务员做起的。"

听了这些话，肖白真的想夺门而出，但是一听董鹿愿意留在这里当文员，实在是有点不敢相信："不好意思，您刚刚说的……她真的愿意当个文员吗？"

"是的，她觉得这是个很好的锻炼机会，已经决定下星期就入职。你呢，可能要先回去等通知，我们现在都在安排培训的事情，到时候再联系你。"

"好的，谢谢！"说完之后，肖白就跟董鹿一起离开了那里，没想到面试的时间这样短暂，赶路的时间却让人难熬。一路上肖白始终不相信董鹿会这样贬低身价："鹿鹿，你真的要来这里上班吗？你至于这样子折磨自己吗？我们大可以有更好的发展不是吗？"

"我知道以我们这样的学历和家庭背景可以有环境更好、工资更高的工作，但是这里是有挑战性的，是能锻炼人的。"

"你算了吧，你看看这些人的素质，一个总监就觉得自己好像多了不起，说出来的话足以将人噎死。"

"这就是社会啊，这些金字塔顶端的人，自以为可以知道一切的事态发展，可以懂得所有金字塔底端的人的心。"

"可笑的理论。他们这么高高在上，怎么能知道我们的想法呢？"

"你别忘了，含着金钥匙出生的人毕竟还是少数，很多人的成功都是靠自己的努力得来的。他们今时今日是金字塔顶端的人，但是曾几何时也都是在金字塔低端努力打拼的人。"

"那又如何？现在的世界早就已经不是当初的世界了，现在的金字塔也早就不是当年的金字塔了。世界在变，社会也在变，人心更是在变，这样的人怎么能理解我们的想法呢？他们一个个都是趾高气扬、不可一世的嘴脸，只想知道自己的上司在想什么，怎会考虑下属呢？"

"所以啊，你现在只能做个小小的螺丝钉，就是因为现在的你只会凭着自己的想法判断这个社会，不知道全面看问题。你要是一开始就被人家捧着的话，永远也不会长大的，而这里就是我们长大的地方。你想想看，从小到大，你在家里做过什么事情，衣来伸手，饭来张口，就是在大学的时候，你的衣服也都是你母亲洗的。现在呢，找工作也要依靠你父亲，可是你已经成年了，到了该断奶的时候，难道你想一辈子当巨婴吗？现在有父母可依靠，如果哪一天，他们不在了，你怎么办？现在有一个这样成长锻炼的机会，为什么要放弃呢？我就是想证明，我离开父母依然是我，可以生活得很好。"

"算了吧，一个个都是人面兽心的。只怕你还没有在这里长大，就已经先'死'在这里了。你以为这里就没有关系户吗？你看着好了，你没任何关系，不靠家里的资源做一个小文员，其他人就带着光环，做了你的上司，还有你什么事情？我看你还是不要做了，明明有更好的机会，为什么不抓住呢？"

"哎哟，当初是谁信誓旦旦地说一定要在这里出人头地，还要我一年之后当他秘书的？没想到，现在还没有进来就已经打退堂鼓了，早知这样我还不如自己一个人来。"

"现在不是它不要我，是我不愿意在这里干，才不想一辈子就在这个穷乡僻壤里跟乡巴佬打交道呢。"

"好，那你就去混你的上流社会吧，我自己一个人在这里慢慢打拼，我相信这里会是我的舞台。"

"我说，你没发烧吧？你居然想在这里工作？你哪根筋不对了？"

"随便你怎么想吧，反正我现在就要回去收拾东西，然后到这个崭新的环境施展自己的抱负。"

"不行，你怎么能在这种地方受苦呢？我现在就跟我爸说，让他给我们找更好的工作，绝对不能留在这里。"

"你可以让你爸给你找工作，我没意见，但是我一定要在这里工作的。就算你给我找到了工作，我也不会去的，我发誓一定要在这里做出一番成绩。"

"你不会说真的吧？"

"我说的句句都是真心话，我确实要留在这里工作。你现在还可以好好考虑一下，我不勉强你，虽然我很希望跟你做同事，但还是会尊重你的选择，毕竟你的人生还是需要你自己做主的。"

这才是肖白真正的晴天霹雳，原本以为董鹿说什么都不会在这里待着的，但是没想到现在她是吃了秤砣铁了心地要在这里打拼。他不明白为什么一个在市区长大的千金小姐，放着前面的康庄大道不走，非要到这样的黑暗小道做一颗小小的螺丝钉。在这样的环境里工作别说是一年了，就是十年二十年也不一定会有出人头地的机会。之前自己说想跟她一起打拼不过是哄哄她的，如果地段好一点，待遇好一点，是可以玩两年的，但这样的情况，肖白真的吃不消。在爱情和工作中抉择，这一次轮到肖白了。

看着肖白从面试之前的失望到现在的绝望，董鹿大概也知道了他内心的想法，也知道肖白从来就没有吃过苦，她安慰肖白说："没关系的，你可以让你爸帮你找个好点的工作，毕竟你又不是没有机会。就是以后我们见面的机会可能少一点，但也没关系，等你在别的酒店有了经验之后可以直接来这里当主管什么的。或者，以后我要是在这里混出点名堂，也可以去你那儿找你啊。虽然我们在一起之后没有分开过，但是没关系的，爱情归爱情，工作归工作，相信距离是不会影响我们俩的感情。如果你希望我们能每天朝夕相处的话，那就只能再等两年了。"

"你傻了吧，同一家酒店里的员工之间是不可以谈恋爱的，否则其中一个人必须离开酒店。难得他们现在这里非常缺人，所以看着条件还行的就留下了，我们还可以相处时间长一点。要是现在放弃，以后肯定不会同时录用我们，所以我当然要把握现在仅有的能在一起奋斗的机会。"

"我知道呀，但是这里的环境真的太差了，我怕你会受不了的。"

"你都没问题，我能有什么问题？再说了，我还要在家里休养一段时间呢,说不定等我来的时候,条件有了很大的改善呢。"

"你就会想这些,现实点吧,怎么可能呢!还是想想之后怎么能升职吧,你不会想看到我的职位比你高吧?"

"你少来,就你这小样儿,不过就是总监手下的一名小文员,能有什么升职机会?"

"你哪知道,世事无常,只要我努力了,就会有奇迹出现的。"

"知道你有本事!不说这些了,想着马上就会有一段时间看不到你,我就不放心。"

"有什么不放心的,就知道想些没用的。"

"环境又差,路又远,人际关系又复杂,我能不担心吗?"

"知道你有心了,谢谢!不过我也不是小孩子了,这些事情我知道怎么应付,你就放心好了。你啊,就暂时在家当最后几天的少爷吧!"

"我怕什么,不就是日子过得穷点儿苦点儿吗?全当是在军训了。说不定在那个鸟不拉屎的地方,我还能以最快的速度升职呢。毕竟这样的地方不会有几个人才的,竞争少了我的机会就多了。你就等着做我的小秘吧！"

"呸，想得美。不过我倒是真的有点担心，要是叔叔阿姨知道会是那样的一个工作环境，会不会同意你去啊？"

"你们家的皇上皇后都敢放人了，我爸妈还有什么不敢的？再说了，我这也不全是为了工作，还不是为了给他们早点把儿媳妇娶回家。为了我以后的生活，他们也一定会同意的。"

"说着说着就开始没正行了，说正经的，不要说这些。"

"这怎么就没正行了？结婚生子不是每个人都要经历的吗？"

"是啊，所以你就慢慢回家想想怎么结婚生子吧，我要回家收拾东西，准备我的工作了。"

说罢，两人就此分手。董鹿回家收拾完自己的东西，带着自己的雄心壮志很快就进入了梦乡。肖白也很顺利地说服了父母去那边上班。

董鹿刚开始的工作虽然很繁杂，可也都是在她的预料之内，毕竟现在自己只是个刚来的新人，做些杂务也是理所应当的。当然她并没有告诉肖白自己每天要扫地擦桌子，只是说现在才刚刚开始工作有些不适应,但是慢慢就会好的。

知道董鹿是个要强的女孩子,既然她不愿意说太多自己的苦楚,肖白也没有多问,只能嘱咐她一个人在外面万事小心就是了。

尽管这样的生活跟董鹿之前想象的大相径庭,可是她也开始慢慢适应了。半个月后,肖白接到了通知去培训,便满心欢喜地等着新的挑战,可是一来到酒店他就后悔了。原本以为培训时间会排得很紧张,但没想到基本上每天都有半天时间无所事事,感觉是在浪费生命,而且身边的同事每天都会有一两个离职的,肖白便开始怀疑自己的决定了。

也正是因为他的闲散,就更加显示出董鹿的忙碌。每天晚上当他听着董鹿在那边喋喋不休地说着自己今天做的一些事情,以及遇到的开心和不开心的时候,肖白内心中的迷茫就更加强烈了。他开始后悔自己的决定。董鹿也从他的声音里听出了失望。

董鹿知道现在是最考验他俩的时候,只要大家熬过这一关,今后的日子一定会好起来。她说:"放心吧,这样的日子不会很久的,现在全当自己一边玩一边拿钱,不好吗?现在公司的人也不是很多，要是真的开业的话，那可真的会忙坏人的。你呢，现在就趁机好好休息一下，不要不开心了知道吗？其实啊，真正不开心的应该是我才对，每天都好像有做不完的事情，面对的又都是些老总，出点什么错就会受到批评处分的。你就好了，天天还是在做你的少爷，还有啥不开心啊？"

"开心什么呀，感觉自己就像个废人，做的都是些没用的事情，连基本的思维都快没有了。身边又都是些没有什么理想抱负的人，我快受不了了。也不知道这边什么时候能开业。"

"我相信不会太久的。我每天做会议记录的时候，发现他们都在紧锣密鼓地准备开业的事情，相信很快就会看见阳光的。现在是你拼搏最好的机会，你可以给自己找点事情做啊。之前你不是有很多想法因为没时间实现不了吗？现在你不是正有大把时间可以好好完成自己的宏图大业？"

"对啊，你这话倒是提醒我了，我之前一直想着自己可以多拿个学位，正好有时间可以让自己好好充充电。"

经过董鹿的点拨之后，肖白开始忙备考的事情了，也总算是让自己转移注意力，从而不觉得现在的日子有多么难熬了。可是没过多久，肖白又听到一些闲言碎语，据说这个酒店已经筹建了很久，可就是一直没有开业，主要是领导认为这个酒店的前景不好。

刚开始听到这些话的时候肖白也没有太在意，觉得不过就是些无聊言论而已，但是一个月过去了，原本说好月底开业的时间似乎又往后推了。这时肖白开始有点坐不住了，感觉真的到了自己抉择的时候。他开始慎重考虑自己的去留问题，并把自己的想法告诉了董鹿："鹿鹿，你看我们刚来的时候这里显得风风火火的，可现在还是老样子，没有任何改变。人心在急，工程上却没有任何进展。我听说这里短时间内是不会开业的，我们还是不要在这里浪费时间了。"

"你又怎么了？一开始你就不喜欢这里，现在不就是延迟开业吗？你至于这么大反应吗？"

"不是，你看看这里的环境，什么都没有，就算酒店以后真的开业了也不会有多大的潜力，顶多就是小打小闹，比起那些顶级酒店差远了。"

"我知道你向往那样的酒店，我也没有拦着你，你要去就去好了。我好不容易在这边慢慢适应了环境,正打算大展身手呢,现在你让我放弃,不可能的。我还是那句话,你要离开我没有意见,但是我一定要在这里有自己的一席之地。"

"你为什么那么固执呢?酒店都没有什么发展了,你还在这里死耗着做什么?"

"我说过了,我要不断提升自己,我要让自己更有社会价值。越是这样的环境,就越是能让我学到更多东西。"

"哎,好吧。"

"你要是真的不习惯这样的生活,你可以让你爸帮你找份更好的工作,我也希望你能开心。如果你真的觉得太压抑的话,就不要做了,没关系的。"

"嗯,我会好好考虑这件事的,但还是希望如果我真的离开了,你能跟我一起走。看着你在这样的环境里工作,我真的不放心,我依然觉得我们可以有更好的发展……"

"好了,不说这些不开心的事情了,说说别的。礼拜天我们好好出去玩玩吧,自从来这里之后就不知道外面的世界了。"董鹿觉得现在两人的想法越来越远了,多说只会惹来更多不必要的争吵,便岔开了话题。

经过这次交流，肖白也对自己是否应该留在这里的计划开始动摇了，总觉得这样的生活不是自己想要的。但要是真的离开的话，一来会让父母觉得自己吃不了一点苦，二来不能跟自己心爱的人在一起。自从认识董鹿之后，两人就没分开过，他已经习惯了这样的相处模式，真的舍不得就这样离开。可听着同事们的风言风语，肖白又觉得留在这里太没有意思了，就怕到时候什么都得不到，鸡飞蛋打。

肖白又一次彷徨了，不知道自己的下一步该怎么走，生怕自己会再一次走错路，毕竟现在已经步入社会，凡事都不像在学校时那样简单了，一步错可能就会步步错。

三

　　感觉自己在酒店没有一点发展空间，肖白心中开始打退堂鼓了。可是因为这里的时间比较充裕，加上他又刚刚报了考试，要是马上换环境的话只怕自己就没有那么多学习时间了。更何况当初来这里的时候也不过就是因为爱情，而现在董鹿一门心思就是想要在这里闯出点名堂，根本没有半点要离开的意思，要是现在自己就这样离开了，不仅显得自己很窝囊，还可能会影响到彼此间的感情。尽管董鹿一再强调不会因为这件事情影响到感情，可是分开之后很多事情都是很难说的。肖白觉得这件事情还是要从长计议，也就打算再屈就一段时间，看看再说。

肖白看到酒店里的人来来往往的，就觉得越来越没有意思，总监们似乎都在忙着为本部门采购东西，也一直有新人来报到。可是肖白知道，就凭这些简单准备就想开业是远远不够的，但是现在为了自己的爱情也只能先忍着。

没过多久，居然连人事部经理都走了，这下肖白下定决心了，要是还在这里混下去的话只会浪费时间。现在的人事部群龙无首、一片狼藉，几个主管都是慌慌张张、碌碌无为。

肖白终于下定决心离职了，不过在提出离职之前他还是把这件事情跟董鹿说了。董鹿听后也没有多大的反应，只是觉得有点可惜："本来王总已经决定把我调去人事部，让一个实习生顶替我的位置，但是现在你又要走了，我想我们之间的距离真的是注定了的。"

听到董鹿说会调过来，肖白欣喜若狂，之前虽说两人是在同一个酒店上班的，可是办公地点不一样，每天也见不了几面，而现在终于有了这个千载难逢的机会。肖白欣喜若狂，之前受到的委屈和各种不平等待遇，以及心中的愤愤不平，一下子荡然无存，马上转变了口气，高兴地问："真的吗？你会到这边来工作？"

"是啊，王总今天已经跟我说了，不出意外的话下星期我就会到人事部报到，可能还是做文员，也可能做人事专员之类的，具体的等到了人事部才知道。"

"既然这样我就不走了，我到这里来上班本来就是为了你，现在难得有这么好的机会，我就先不离职了。"

"拜托，你怎么可以这样意气用事？来这里当然是为了工作，怎么可以为了感情混日子呢？"听了肖白的言论，董鹿有种恨铁不成钢的失望与愤怒，"你要是真的就是为我才来的，完全没有考虑过自己的前途，那你还是回去吧。毕竟你父母的人际关系广泛，你在市区发展远比你在这里混日子好得多。人生不是只有爱情，还有很多，比如工作和精神追求。你来这儿应该是为了你的未来奋斗，而不是一个女人，一段爱情。我说过了，不管我们能不能在一起上班，我们之间的感情不会变的。你为什么就不能为自己的未来奋斗呢？"

肖白一直以为自己的痴心董鹿应该是无比感动的，为了她他放弃了优越的工作环境，为了她，他做着最底层的工作，为了她，他过着最不屑的生活。但是没想到，董鹿对自己的付出不仅没有感动，还觉得自己是扶不起的阿斗，心中感慨万千，有些愤怒："你看看这里的环境，酒店准备这么久了都还没开业，我们每天就是培训，任何事情都不做。我就是想表现也没有机会啊。李总和杨厨、沈厨他们天天往你们那边跑，我就是有什么表现，也不会有人看到的。谁不是带着一腔热血计划着自己的未来，可是现在问题是我们在这里根本没有任何发展的余地，你所信仰的不过就是画饼充饥而已，实际上不管你在哪里，做的永远是最底层的。人们的眼睛都是往前向上看的，谁会注意到默默无闻的你呢？"

　　董鹿知道肖白的家世背景很好，他们家的人脉关系也很广，所以别人花费很多精力才能得到的东西，一早就已经摆在了他的面前，他的生活不需要努力就能过得很好。可是她却知道努力的重要性，面对他的公子理论，她强硬回复道："机会永远是留给有准备的人，你要是连想都没想的话，就更不会去做了。你不去做，当然不会有任何人能看得到。每天开完晨会之后，各个部门总监一定都会先回办公室给你们开会的，怎么能说见不到人呢？"

"好了，我知道你这么做都是是为了我好，为了我们的将来打算，你不希望我们两个一辈子就在金字塔底端，你的心思我都知道的。我刚刚是说错话了，放心吧，我以后一定会好好表现的，不过现在先不要说这个了，还是说说你的事情吧。你真的确定下星期去人事部报到吗？"董鹿虽然是个弱女子，但是她的直爽脾气、倔强个性，完全不亚于任何一个男人。肖白不想跟她争辩，直接跳到了下一个话题。

"这件事应该就这样了，可是你不要以为我去了人事部就会像在学校里那样，能够有时间跟你整天腻在一起。"

"我当然知道了，现在我们都在工作，哪能像以前那样自由啊。我只是希望每天可以多看你几眼，可以跟你一起吃饭，晚上还可以在这附近转转。就算这里什么都没有，那就全当是饭后运动了。下班之后你总有时间陪我的吧？"

"嗯，希望你能做到你说的那样。"对于肖白的这番话，董鹿内心是不相信的，可是话都说到这份儿上了，她也不能再较真下去了，只能点到为止。

"好的，那以后我就不会觉得无聊了，一想到你就在我旁边的办公室里，领导叫我做什么我都愿意。"

"行了吧,你的这些甜言蜜语早就过时了,现在做出点成绩才是正经事。"

因为听到了这样的好消息,肖白把自己不开心的事情全都忘记了,决定一心一意在这里工作。他开始为两人的未来勾画蓝图,觉得幸福的日子马上就要来了。

开始的几天两人默契十足。肖白也不再像以前一样混日子了,一方面好好复习备考,另一方面在培训的时候也都是最认真的,因此受到了主管、经理的器重。私下他们也会传授他一些工作经验,就连打球也会叫上他。

正当肖白洋洋得意的时候,他忽然就闻到了火药味,在董鹿到人事部之后不久,公司马上就招到了一个新的人事部经理——刘原。虽然他才二十五岁,但是成熟稳重,做事干劲十足;虽然身高不高,有些瘦弱,但是很有气场,给人一种很干练的感觉。肖白第一次在食堂里见到他时就知道,他一定会是董鹿欣赏的类型,事实上董鹿也很愿意跟他交流和学习。更要命的是,现在董鹿就是他的下属,天天跟他一起共事,董鹿每天跟肖白聊天时都会提到他,言语间充满了崇拜,总是说刘经理怎么成熟稳重,今天又教了她怎样的工作小诀窍，眼睛里充满了光芒，这让肖白非常不爽。

起初肖白一直忍耐，觉得毕竟董鹿也是刚刚工作，难免会有不懂的地方，而刘原又是她的上司，董鹿应该向他多多学习，遇到一个愿意教她的上司，总比遇上一个天天找事还不喜欢教人的上司好。可是时间久了之后，肖白就开始心神不定了。刚开始董鹿说刘原刚来这里，不认识这里的人，而她正好是部门的小文员，食堂这边的有些事情也是她负责的，所以就会带着刘原一起吃饭。过了段时间之后，刘原还是会跟他们一起吃饭，有他在两人很多的话都不方便说，拘束了不少。而这却只是肖白一个人的想法，董鹿却是十分自在，吃饭的时候她更愿意跟刘原聊天，从请教工作上的事情，到问一些生活上的事情，两人相谈甚欢，不亦乐乎。一旁备受冷落的肖白却只能看着每天午饭时两人都是有说有笑，自己完全插不上什么话，终于有一次他觉得忍无可忍，彻底爆发了，直接质问董鹿："鹿鹿，你不觉得你们部门经理总是跟我们在一起吃饭很别扭吗？"

"刘经理刚来这里，认识的人又不多，再说了，就是在食堂一起吃饭，又不是在外面，这不是很正常吗？很多部门的同事都是坐在一起吃饭的,有什么别扭的?"

"是呀,但他们都是男的跟男的一起吃饭,女的跟女的一起吃饭。再说了你们办公室又不是只有你一个人,为什么他偏偏总是跟着你呢?"

"吴主管的女朋友是温泉部的主管,两人基本上都是最后吃,雅静姐是和其他部门的女同事吃,他又不方便跟她们一起,就跟我们一起了。你有什么好生气的?"

"是吗?我可是听说他和温泉部经理住在同一个房间的,两人应该也很熟的,他们可以一起吃饭啊。他们是情侣,我们也是情侣,凭什么跟他们在一起就不方便,跟我们在一起就方便了?再说,实在不行,也可以一个人吃啊,干吗要打扰我们?"

不知道从什么时候开始,肖白没有在学校的时候那样直白了,开始跟那些部门领导一样说话吞吞吐吐,总是让你猜他到底在想什么,董鹿很受不了这一点,她从来都是心里怎么想的就怎么说,现在看着肖白又跟自己打太极,脸色也变了,严肃地说:"你到底想说什么就直说吧,不要在这里说些没用的了。"

"我就是觉得你们之间的关系不一般，希望你们保持距离。"

"我说，你什么时候可以成熟点？怎么在你眼里我身边就不能有别的男性朋友了？难道他们都对我别有用心吗？"

想起以前，遇到这样的问题，董鹿总是会把他心中的疑虑解释清楚，或者很听话地远离那些人。但是这次董鹿却反而是责怪他，认为他不成熟，肖白更加生气了："难道你敢说他不是你喜欢的类型？不是我不成熟、敏感，实在是你们走得太近，他就那么吸引你吗？二选一，他还是我？你直说吧。"

面对这样的幼稚言论，董鹿苦笑着说："你觉得我们之间的感情就那么经不起考验吗？你把我当什么了？是，我承认，我是喜欢那样的男人，但那仅仅是一种欣赏，不是爱情。喜欢不一定是爱，我现在爱的人是你，我想结婚的人也是你，他优不优秀我不在乎，我在乎的是你。你就不能大度一点？不要以小人之心度君子之腹。再说了，他是经理，怎么可能在同事里找女朋友。"

"这个世界上就没有什么事情是不可能的！反正我就是

不想让他跟我们坐同一桌。不管你怎么想，我都无所谓，总之我就是不想跟他在一起吃饭。"

"行了，你的意思我明白了，以后不跟他坐一桌就是了。"说完董鹿就一个人回到了宿舍，手机关机。同寝室的雅静和紫灵看见她的样子，大概也猜到她准是和肖白闹矛盾了，也就没有多问。

对于肖白，董鹿知道他是个感情至上的人，但没想到他会这么敏感。在一起的时间越久，董鹿就越发觉得两人根本就是价值观完全不同的人，肖白对于感情是那么小心翼翼地呵护着，可是对于工作却完全不在乎，一点都不珍惜眼前的机会。他的心中总是藏着远的大理想，却也有着一颗想依靠的心。到这里这么久，从来没有对自己的工作上过心、负过责，一切的努力、屈就只是为了迎合自己，让自己开心。但是董鹿却不是这样想的，她想要的是成功，尽管现在还是最基层的小文员，但是她坚信自己的努力会有结果，"宝剑锋从磨砺出，梅花香自苦寒来"，她相信越是这样的艰苦环境就越能够锻炼自己的能力。再反观肖白，可能是因为家境比较好，他可以轻而易举地得到任何东西，所以他从来就没有想过要吃苦，也从未担忧过自己的未来。董鹿开始相信在学校里身边的朋友曾经跟她说过的话：你们真的不合适，肖白就是个长不大的孩子。

那么自己呢？虽然心里有过千万次分手的念头，但是最后还是忍气吞声继续着这段恋情。现在已经习惯了这样的生活，分手又舍不得，继续又觉得累。董鹿迷茫了，不知道未来的路该怎么走。

晚上室友们约她一起去逛街，尽管这样的小地方对董鹿一点吸引力都没有，但还是跟她们一起去了。一路上她都没有说话，雅静见状便开始询问："鹿鹿，怎么了？从你回来之后就没怎么说话。"

"静静姐，我是不是太不会为人处世了？"董鹿现在的心情可以说是跌到了谷底，肖白给她带来的负面思想让她感到十分彷徨。

雅静看着她就像是看着自己的小妹妹一样，温柔地宽慰道："没有啊，你的人际关系很好啊，各个部门的人都很喜欢你，在办公室里你也很讨人喜欢啊，怎么这么说呢？"

"今天肖白说我们天天跟刘经理一起吃饭不太合适，他觉得我似乎跟他走得太近了。"

听到这个,雅静不免"扑哧"一笑:"我以为是什么大不了的事情呢,原来你男朋友是因为看见刘经理吃醋了呀?小情侣间这样的事情很正常的。你男朋友就是紧张你,爱你,担心你而已,很正常的。不过他说的也是有一定道理的,你看看你们,两人年纪相仿,而且常常一起吃饭,说说笑笑的,把你的男朋友晾在一边。我有时候看到你们,都会误以为你跟刘经理才是一对,难怪你男朋友会担心。恋爱中的人总是敏感的,不分男女,也许你没觉得,那是因为你没有情敌,但是他能嗅到火药味。你只要好好跟你男朋友沟通下,以后跟刘经理相处的时候稍微注意下分寸,别让你男朋友吃醋就没事了。"

"可是,他让我跟刘经理说以后我们不要在一起吃饭了,这种话叫我怎么说得出口啊!"雅静说的董鹿也都知道,也反思过了自己的处理方式,也许真的有些踩到了肖白的底线,但是为此肖白让她这样跟刘原说,也实在是太强人所难了,董鹿有些不知所措。

"这么做确实有点过了,再怎么说刘经理是我们部门的老大,要这样的话,万一他以后公报私仇,你可能在这里都没办法做下去了。要不这样好了,你以后就和我们一起吃饭,刘经理要是愿意呢我们就一起吃,反正我们都是同一个部门的,你男朋友也不好多说什么。"雅静看着董鹿实在是太为难了,就帮她想了这么一招,但是也善意地提醒了下董鹿,"不过这感情的事还是要你自己解决的,跟你男朋友之间也要好好沟通交流清楚的,毕竟你是人事部的,以后要接触的人会很多。而且你也是知道的,我们酒店里大多数都是男孩子,不管是各部门领导还是普通员工,你跟他们都是要经常接触的。做人事跟其他部门不一样,他们面对的大多是顾客、陌生人,而你的工作圈子都是自己酒店的人,抬头不见低头见的,怎么可以由着自己的性子来?要是你男朋友为了这种小事就不让你跟异性接触,以后你的工作会很难进行的。"

经过雅静一点拨,董鹿也没有像之前那么情绪低落、那么纠结了,微微一笑说道:"静静姐,放心吧,这件事情我会处理好的,不会再让这样的事情影响到工作,我会尽量做到公私分明。"

"嗯,这样最好了。现在你们毕竟不是在学校里,人际关系是一门高深的学问,所以我们在做好工作的同时,也要把人际关系处理好的。我相信冰雪聪明的你一定会做好的。"

"谢谢静静姐,我知道了,我会做好的。"

回去之后,董鹿就给肖白发了条消息,告诉他,以后她会和同部门的人一起吃饭,希望他能够公私分明,不要为了小事情再斤斤计较了。

董鹿用自己的部门做挡箭牌,肖白也不好多说什么,只能让步了。此后肖白就和董鹿部门的人一起吃饭,可是看见董鹿跟刘原还是有说有笑的,肖白心里就不舒服。不过好在现在他俩单独相处的时候董鹿已经很少提刘原了,两人在一起的时候就规划着以后的生活,此外董鹿也很关心肖白的考试,这些点点滴滴的关怀让肖白心里很舒服,对于刘原的事情也就开始慢慢适应了。

在工作上,董鹿还是有些不适应,毕竟之前没有做过人事工作,很多事情都不知道该怎么处理。怎么和各个部门之间很好地沟通?怎样做好面试工作?怎样统筹工作时间?怎样合理安排好自己的事情?对于这些问题,董鹿都有些摸不着头绪。好在办公室的其他同事都比她年长些,多多少少都会告诉她怎样能更有效率地完成工作。当她遇到困难的时候，刘原也会很热心地教她怎样处理，帮着她一起解决问题。现在两人的工作、感情都开始慢慢上了轨道，董鹿终于可以暂时松口气了。

当董鹿的状态开始慢慢稳定的时候，肖白也渐渐适应这样的生活了。不久之后他便参加了考试，成绩还不错。他似乎看到了一点希望，不再像刚来的时候那样整天的怨天尤人。虽然身边还是有不少人离开，可是每天新来的人也很多，习惯了这样的生活，肖白也就不再觉得这里一无是处了。

由于肖白跟厨师长的关系还不错，并且他的学历也挺高的，领导就打算等他的试用期一过就让他做领班，表现好的话说不定过段时间还能当主管。这个虽然不是肖白想要的最终目标，可是如果真的有提升自己的机会，他的心也就更加安定了，有些小得意，庆幸自己当初没有离开，对于这里的未来也有了新的希望。爱情在自己的掌握之中，工作上又有了意外的惊喜，肖白慢慢开始有了干劲儿，对工作也开始上心了。

看着肖白一天天地进步，董鹿觉得未来两人的生活会更美好，之前的担忧也消失了，尽管工作很辛苦，但心里甜滋滋的。

离原本定好的酒店开业的时间越来越近了，同事们也开始紧张起来，因为酒店是五星级的定位，所以领导对于员工各方面要求也很高。现在除了日常的专业培训之外，公司还决定从外面请来英语老师，教大家酒店管理的专业用语。

现在董鹿的工作就更忙了，酒店的很多事情都需要她的协助才能完成。刘原引导着她怎样配合老师，该做哪些辅助工作，怎样安排培训时间，等等。

四

在刘原的帮助下,董鹿很快就把英语培训的事情办好了。她安排每天上午员工培训,下午各个部门自行安排。各部门英语培训具体安排的人员和时间也拿捏得恰到好处,这样一来那些员工也不至于太悠闲了,每天还是有很多时间在学习。董鹿每天会和培训老师沟通好,会把当天需要教习的资料准备好,也会提前在教室里把投影仪调试好。

当员工们紧锣密鼓培训的时候,又到了一年一度的荷花节,各部门总监、经理为了荷花节的事情几乎天天都待在工地上，带人参观酒店。公司上上下下都忙得人仰马翻，人事部每天都会接待几十个面试者，帮很多新员工办理入职手续，还要帮他们安排办理健康证，以及外来人员的暂住证等。

不过这样的节奏却是董鹿喜欢的，就是在这样的环境下她才能够看见希望，现在做的事情越多，学到的东西就越多，能力就越会得到提升。只有让自己在艰难中不断成长，才能抵御外面的风雨，为此董鹿才会打起十二分的精神工作。偶尔有闲暇时间，董鹿也会阅读一些有关职场学习的书，以便更好地完成自己的工作。

刘原看到董鹿这么勤奋，便常常会在工作之余教她如何做好人事工作，怎样在工作中避免失误，怎样提升自己，怎样在公司立足，如何跟身边的同事相处，怎样才能更好地与人沟通，等等。

刘原也会时不时地约同部门的人一起吃饭，除了说些工作上的事情，传授一些工作技巧，偶尔也会讲一些个人的事情，让自己的员工更加了解自己的性格和工作风格，以便日后彼此能够有更好的沟通，工作的时候能够更加协调。

听了刘原的一些事情之后，董鹿对刘原更加欣赏了，觉得虽然他很年轻，但是真的很有能力，也很有凝聚力。记得自己当初刚来人事部的时候，总感觉这里气氛怪怪的，每个人都在做自己的事情，工作以外基本没什么交流，同事们曾经都很惧怕到人事部上班，但是刘原来了之后气氛就没有那么尴尬了，反而越来越融洽了。

在吃饭交流的过程中，刘原总是那个最活跃的人，从来不会让饭局冷场，也不会让在场的人尴尬。他也喜欢说自己的故事，他是人事部里学历最低的一个人，贫穷的家庭环境让他不得不早早出来打工，因为实在也不是什么读书的料，干脆就早早出来赚钱，减轻家里的负担。曾经做过快递，为了多赚钱也误入过传销组织，花了九牛二虎之力才虎口脱险。后来开始做保安，看着那里一个个同事的学历都比自己高，就算是清洁工的学历也在自己之上，他才意识到学历虽然不是最重要的东西，却是好工作的敲门砖。于是，他开始报考夜校，工作之余就去上课充电，把之前欠下的债慢慢都还上，不久之后就拿到了大专文凭，之后是本科，再之后拿到了硕士学位。除此之外，为了让自己的工作更加得心应手，他自修了心理学，而那时候的他再也不是那个碌碌无为的小保安,而是位经验丰富的人事部经理,经常有猎头顾问联系他跳槽,工资待遇丰厚。

可是他丝毫没有动摇,在自己从事多年的酒店里任劳任怨,陪着当年自己的伯乐一直相互扶持,知道对方离开了之后,他才选择了现在这个酒店。这里没有丰厚的薪资待遇,各方面的条件也没有成熟酒店那么好,但是对他来说这里就是一个挑战,让自己学到更多、成长更快的一个舞台。

来到这里之后他发现,情况比自己想象的更加糟糕,确实是一个很大的挑战。他迎难而上,从自己部门内部的难题开始,一步步抽丝剥茧,改善了部门的人际关系。在他来之前,人事部总是各自为营,自己做自己的事情,没有什么工作以外的沟通交流,常常因为缺少沟通交流,把简单的事情变得复杂化。自从刘原出现之后,他开始组织部门聚会,每天开个早会,彼此分享工作进度,说说工作心得之类的,让人事部的氛围不再是冷冰冰的了。

现在大家都忙着准备酒店开业,人手不够就成了大问题,于是刘原通过自己的人脉介绍了不少人来面试,除此之外,还招了不少实习生和暑期工,使得公司阵容一下子就壮大了。

董鹿觉得刘原真的就是自己的偶像，在这么忙碌的时候，可以把事情处理得有条不紊。

因为这段时间业务繁忙，肖白也觉得时间很紧张，除了要参加培训之外，还要参加考试，这些就够他忙乎上好一阵子的。现在董鹿似乎也不像之前那样看不起他，开始跟他分享工作中遇到的事情。

酒店也不再像是刚来时候的样子了，来来往往的都是忙碌的人，接到的消息都是某重量级的人来参观了。晚上散步的时候，看着酒店外面的一池荷花，两人觉得格外迷人。看着还在筹建中的酒店，董鹿说道："我发誓，来这里时我只是个小小的文员，但若有一天真的要走，我一定要风风光光地离开。"

经过这些日子，肖白也有所成长，不再像之前那样总是为了一点点不顺心的事情就怨声载道，他学会了将这些不如意当作努力的动力，身上的消极思想也慢慢转化成了正能量："加油，我相信你会做到更好，在不久的将来你就会变成你想要的那个样子，我支持你。"

"得了吧，这些心灵鸡汤就不要再给我灌输了，我可不喝，我怕胖。"董鹿细细打量了一下身边的肖白，来的时候还是个玩世不恭的公子哥，看什么都不顺眼，一副肩不能扛、手不能提的样子，现在晒黑了，倒也壮硕了。"你现在了不起了，你们领导看到了你的辛勤付出，要给你升职了，过了试用期就升职，你开心了吧？照这样下去，明年我就能给你做下属了，美得你。"

第一次被董鹿夸，虽然是这种互相调侃的方式，但是心里还是美滋滋的："董秘，你放心好了，以后本领导一定要好好照顾你，只要你跟着我，不愁没好日子过。"

"夸你几句还喘上了，不过就是个小小的领班，说不定过几天我就后来者居上了。你看看现在，酒店的管理层都是男性，女性管理层员工少，只要有机会我就能上了，不像你，要踩着别人的尸体往上爬，你是要打怪的，我可不用呢，哼。"董鹿有些不服气，明明是自己想要实现自身价值的，没想到让肖白抢了先。

董鹿这么认真地跟自己下战书，这还是第一次，肖白立马应战说："好的，小董，我们今天就立下军令状，如果你能在我升上经理之位之前超过我，以后我什么都听你的。但是要是我当经理的时候，你还是基层职员，工资在我之下的话，那就做我的经理夫人，怎么样？敢不敢赌？"

难得看到肖白有这样的雄心壮志，董鹿怎么好去打击他呢，她立马回复："你也太高看你自己了，只是赢了我一点点就这么嚣张，不灭灭你的气焰，你是不知道天高地厚的，赌就赌，怕什么。我们面对这一池荷花立下军令状，到时候谁也不许反悔。"

两个年轻人就这样在荷花池立下了军令状，继续相互鼓励、相互竞争着在酒店奋斗着，为了自己的将来，更是为了自己的理想。

人总是在接近幸福时倍感幸福,在幸福进行时却患得患失。

——张爱玲

五

　　时光如梭，转眼间肖白和董鹿来酒店也有三个月的时间了。从刚刚开始的厌恶，到现在慢慢习惯，肖白基本上适应了现在的生活，原本有些吊儿郎当的他对未来也有了新的规划，努力奋斗着，希望有一天也能够得到董鹿真正的欣赏。
　　董鹿也在慢慢适应现在的节奏，由于公司很缺人，各个部门都在想尽方法招人，因此董鹿会时不时的同时接待二三十个应聘者，有时难免会因一些小疏忽而招来其他部门同事的投诉。但是刘原一直很照顾她，帮助着她，鼓励着她，董鹿工作起来也就更加有信心了，处理日常事务的时候也都游刃有余。

但是强大的工作量还是让董鹿有些不大适应，总觉得现在这样的生活跟当初想象得差太远了，不过好在每天都能够学到很多东西，虽然辛苦，但还是很满足的。

关于感情，肖白也不再像之前那样疑神疑鬼的，不给董鹿私人空间，两人现在的距离刚刚好。但是这种状态并没有保持太久，很快事情就出现了新的变化，因为酒店预计这个月开业，所以要组织员工去工地干活儿。

肖白想，反正现在也在这里好吃懒做这么久了，是应该出去运动一下了。他原本以为干活儿就是扫地、拖地之类的，但是一到工地就傻眼了。建筑里面什么都没有弄好，施工的工人们也都没有离开，领导要求他们跟着工人们一起干活儿。这一做就是一天，肖白哪里遭过这样的罪啊。第一次干活儿，感觉真的就是度日如年，回来之后整个人就只能躺在床上一动不动。此时，董鹿对他格外关心，不仅帮他四处找吃的东西，还帮他按摩，心疼得不得了。

在肖白的印象中，董鹿一向都是女强人型的，做什么事情都很有主见，从来都是就事论事，不会撒娇抱怨，但是这次却明显不一样，一直替肖白抱怨个没完。

"哎哟，真是的，实在太过分了。明明是来这里当服务员的，现在怎么就变成苦工了呢？"

其实自己也是满肚子的委屈，但是想起当初，来这里面试的时候，董鹿就嫌他是个少爷脾气，看扁他不能适应这里的环境。再加上董鹿也说过一些刘原的过去，言语间十分欣赏这样吃苦耐劳的精神。为了能够让自己的女朋友高看自己，欣赏自己，肖白硬生生忍了下来，现在又听到董鹿这样说，更加不能诉苦了，反而安慰她："现在不是特殊时期吗？哪有人是不辛苦的？去的人都干得可带劲儿了，正好减肥。再说，我现在刚刚过试用期，直接就升职了，肯定很多人盯着我呢，我要是再不做表率，他们以后怎么服我？'天将降大任于斯人也，必先苦其心志，劳其肌骨'，这说明我马上要被委以大任了，是好事呢。"

难得肖白有这样的觉悟，董鹿不想破坏氛围，可眼见着男友刚去了一天就这样累瘫了也实在心疼。"这样的升职我宁愿不要，说好了干吗就是干吗的，怎么可以这样呢？缺人的话就直接找几个临时工打扫好了，干吗要这样呢？"

这还是第一次看到董鹿为了自己而掉眼泪，肖白一整天的辛苦一扫而光，马上反过来安慰董鹿："那不是我们平时也都没事情干吗，除了培训就是在教室里坐着，现在酒店正是需要人的时候，就去干几天，开业了就好了。现在去的人多，开业的时间就越快，对吧？"

越是听到肖白这样说，董鹿就越是心疼，抹着眼泪说："他们真是太不把员工当人看了。你看看呀，好好的一个人，才去半天，就变成这样了，要是再多去几天，还不知道会怎样呢。"

原本肖白觉得在这里待不下去了，但是现在看到董鹿的反应，顿时觉得自己受再多苦都无所谓。所以尽管这次工作任务让他心里很不舒服，但是却没有动摇他留在酒店的决心："鹿鹿，我现在越来越明白你为什么想要留在这里了，这里真的有别的酒店没有的东西，我也想留在这里，是真心的。我们彼此一起见证对方的成长与成功，好不好？"

没想到经过这些事情，肖白留下的决心反而更大了，这是董鹿之前没有想到的。尽管干活儿不是什么好事，但是肖白这样的态度对董鹿来说绝对是件好事，她也不好再继续打击了，就说:"好,我们一起努力,这样的辛苦,我们只做一次,下次我们要像这些总监一样,做监工,做教育者,做旁观者。"

面对董鹿的温柔,肖白有些难以适应,却也十分享受这种感觉,想起之前的点点滴滴,他感慨道:"我以前看着你那么忙碌,你又跟我说你经历的一些事情,我的心情就像你现在一样,总是害怕你会辛苦,怕你受累,想给你更好的生活,现在你能体会我的感受了吧?"

董鹿点头不语,肖白轻轻将她搂进怀里,不记得有多久两人没有这么温暖地拥抱过了,多久没有这么敞开心扉的说话了。他们想到了过去,当初在一起的时候就是这样,彼此吸引着……

第一天肖白就这样熬了过去,后来就有了第二天、第三天、第四天,上班做苦工似乎已经成了一种常态。在刚开始的时候,领导说只是偶尔去帮下忙,可是从那之后,领导三天两头地安排员工去干活儿,员工回来的时候个个都是灰头土脸的。

大热天的,一天不知道要出几身汗,回来之后都是手脚酸痛的。别说那些娇生惯养的年轻人,就是做惯了家务活儿的中年人,现在都是叫苦不迭的。为此很多人递上了辞职报告,与此同时每天也会有不少的新人来报到，更新换代就这样子每天上演着。看着一个个从工地回来的疲惫身躯，董鹿开始怀疑自己当初的决定是不是错误的。

刚开始几天肖白还干劲儿十足，总是用"天将降大任"的理论安慰自己。时间长了之后，他也就不再相信这套理论了，每天干着这些粗重的活儿，他早就已经心力交瘁了，再也没有开始时的样子。现在的肖白没有一点工作热情，每天下班之后连饭都懒得吃了，人整个儿瘦了一圈，星期天都不敢回家，怕父母心疼。一想到肖白是因为自己才会吃这样的苦，董鹿心里就不是滋味。但是对于自己来说，确实每天都能学到很多知识，这样充实的生活尽管和自己的想象不一样，却让她痛并快乐着。

可是董鹿真的觉得肖白完全没有必要吃这样的苦，他父母早已经帮他找好了工作，只要他愿意，马上就可以走马上任，不出两年就可以当个主管。这才是他该过的生活。董鹿想了很久，终于把自己的想法对肖白说了出来："我知道你是为了我才会坚持到现在的，我也一直希望能跟你一起见证彼此的成就，可是现状真的跟我当初的期望与想象相差太多了。我好歹还能学到不少知识。但是你呢？我怎么忍心你为我做一个苦力工人？你不该过这样的生活，你该听你父母的话，去他们安排好的酒店上班。如果你不愿意在酒店上班，去别的地方也可以，他们能够为你找到更好的工作，我不想你再过这样的日子了。"

董鹿跟自己说过很多次让他离开的话，但是都是因为怕他不能吃苦，或者是受不了他的少爷脾气，并非真的想让他离开。但是这一次她满脸的心疼，是真的要让他重新找工作，肖白却有些听不进去了："你说什么呢？我知道你是在心疼我，不过这样的生活也没什么不好。我可以锻炼自己的动手能力和吃苦能力。吃得苦中苦，方为人上人。"

"可是这些苦是没有必要吃的，你从小就没有做过这些事情，要不是因为我，你也不会这样子的。我现在叫你走不是因为看不起你，而是真的不希望你就这样耽搁自己。"

"放心吧，我不会让自己太辛苦的。"

"可是我真的觉得现在的环境跟你太不合适了，你本可以有更好的生活。没关系的，距离不会影响到我们的感情。"

"好了，不说这些了。我觉得现在的生活状态还是不错的。要是我什么时候真的撑不下去了，我会毫不客气地去找你递交辞职报告的。可是现在我觉得很好，不想有什么改变。"

"好,你自己的事情你自己拿主意吧,我只是想告诉你万事不要太勉强了。我知道你是个可以有大作为的人,我相信我们之间的结局会是完美的。"

"难得啊,以前你就知道损我,现在知道关心我了。看来这次我真的没有白费辛苦。虽然我真的很累,不过能够看到你这样关心我,一切都值了。"

肖白如此意志坚定地回复着董鹿,他想要留下来,其实真的不是为了什么理想抱负,仅仅是不想离开女朋友。可是董鹿的话,以及对感情的保证,让肖白的内心开始彷徨了。这根本就不是肖白想要的生活。

但是转念一想,自己好不容易才能够跟董鹿在同一屋檐下工作,还可以时时刻刻感受到她的关心,实在舍不得丢掉这种机会。何况现在董鹿的身边还有一个竞争对手,要是自己离开这里,很难保证他们两个人不会有进一步的发展。可现在的工作环境让人实在不敢再待下去了,再加上一些流言蜚语,说之所以会让他们进酒店,只不过是因为想找一部分人来当勤杂工,等到整理得差不多的时候,他们就会离开的。就这件事情,肖白也曾经问过董鹿,但董鹿似乎毫不知情。

六

　　肖白刚开始有了点信心,觉得自己可以适应这里的生活了,可听到董鹿这番话时,又觉得尽管现在的生活在时间安排上很充实,但其实内心空虚得很。在这里的时间越久,越觉得是在浪费自己的生命,事业在这里根本就是空谈。

　　事业如此,感情也是暗流涌动,人常说"近水楼台先得月",虽然刘原还没有跟董鹿说过什么,可情敌的直觉告诉他,刘原绝对不是因为董鹿是个新人才会这样帮助她的。要是现在他离开了,就等于是把事业、爱情都拱手相让了。可是不离开就看不到美好的未来。

　　肖白不知道自己该何去何从,只能先静观其变,慢慢选择。既然来的时候是两个人一起来的,离开也应该是两个人一起离开。来是为了爱情,离开也应该带着爱情一起离开。

　　打定主意之后,肖白继续着自己的古人理论——天将降大任于斯人也,必先苦其心志,劳其筋骨……他只能逼迫自己认为这是上天给他的一个考验,只有通过了这样的考验,将来才会是美好的。

　　想通了这一层之后,肖白还是决定先忍气吞声,看看之后再说。这边肖白才考虑好去留问题,那边就开始有麻烦找上门来了。肖白同寝室的小顾急急忙忙跑回到寝室来说:"我今天看见了一件很奇怪的事情,可能会有麻烦。"接着就把室友都叫回来,把看到的事情说了一遍,"我昨天在工地干活儿的时候把手机丢在工地了,昨天睡觉的时候才发现的,本想着一大早就去工地看看有没有被人拿走。没想到,我今天一早上去工地的时候,看见中餐厅的一个女孩子匆匆忙忙从工地出来,不久之后又看见中餐厅的玉经理也从里面出来了,我跟他打招呼,他理都不理。"

"那又怎样啊，人家毕竟是餐饮部经理，怎么会搭理你这个小服务生呢？我看啊，是你自己急匆匆的，所以啊看谁都是急匆匆的。"同寝室的小李不以为然，觉得不过就是杞人忧天而已。

"什么呀，你们没听过吗？玉经理可是酒店里出了名的不老实，之前我还听见他跟其他部门的经理、主管说，谁要是看上他们部门的小姑娘，必须先跟他说一声。"小顾就是觉得这件事情很蹊跷，觉得不会这么简单。

"就算真的是他们之间有什么事情，又跟我们有什么关系啊？我们又不是中餐厅的。再说了，他也不可能知道我们是谁，也不会对我们怎么样的。"小李还是坚信这件事情会就此打住的。

"那不好说的，毕竟我们都是一个部门的，他要是想查的话，问一下我们主管或者是文员就行了。哎呀，早知道今天会这么倒霉，我就不去找手机了，现在手机没找到，却给自己带来麻烦了。"

"没事的，不要多想了。"尽管寝室的人都劝他，叫他不要太担心，可是小顾还是很害怕因为这件事情给自己带来不必要的麻烦，连吃早饭都不敢下去了。大家都当他是发神经了，也没有太在意，就只管各自吃饭了。

听了这件事情后，肖白心里开始有些不舒服，尽管这样的事情早就在之前有所耳闻了，算是酒店的潜规则吧。不只是在这里有，在其他酒店也有，记得在家的时候就听人说过："酒店的女人想要上位，就很容易被潜规则。"这也就是当初父母反对他做酒店的原因，只是当时他坚持，他们也就不好说什么了。

对于这些所谓的传言，肖白从前是不相信的，但"防人之心不可无"，所以才会那么坚持一定要跟董鹿一起到这里来。不管是传言，还是所谓的潜规则，这些事情一般都是在私底下流传的，像这样被人直接撞见的还算是少数，总觉得事情不会就这样算了。早上吃饭的时候他留了个心眼儿，却看见玉经理在食堂吃饭。玉经理是个对食物要求很高的人，很少在食堂吃饭的，早上几乎没在食堂吃过。记得印象最深的一次，因为食堂的饭菜不好吃，而他们部门的人都在工地上干了一天的活儿，他一气之下先是跟员工食堂的厨师长大吵一架，然后带着他们部门的人去饭店吃了一顿好的。可是今天他却一个人安安静静地在食堂吃饭,以前他总是和总监、厨师长什么的在一起的,一般都是三五个人一起吃的。肖白基本上就明白是怎么一回事了,他开始处处提防着,就怕招来不必要的麻烦。还好,每天早上总监、经理都要去开会,他们还要接受训练,所以不会混在一起的。

在工地的时候也没看见总监,经理来检查他们工作进程,肖白开始有些放心了。不过小顾还是不怎么说话,好像总觉得他很害怕。晚上的时候,肖白和董鹿一如既往地在大街上闲逛。说起早上发生的事情,肖白仍是心有余悸。没想到董鹿一听之后不是惊讶,而是很平静地说:"原来这么巧啊,目击者还不止一个人呢。"

"怎么了?难道还有别人看见吗?"

"我今天跟葛经理,还有房务部张经理一起吃饭。张经理说,玉经理太不像话了,就知道跟他们部门的女孩子搞不清楚,今天一早,客房的李主管拿着样品房钥匙去开门的时候,就看见他和一个女孩子,一前一后从酒店里出来。真是太过分了,这种事情要是传了出去的话,只怕他到时候连自己的饭碗都保不住了,更不用说是别的了。"

"不会吧？这也太明目张胆了吧？"

"他是这样子的，张经理她们还说，玉经理就喜欢小姑娘，对他们部门的几个小姑娘极好的，都不会让她们做什么事情。但是现在还好，到了真的开业之后要是还这样子的话，一定会出事情的。"

"这是什么鬼地方呀，什么事情都有的，每天累死累活做苦工不算，现在还有这样胸闷的事情，这叫什么事啊？"

"你呀也别抱怨了，还是小心点的好，要是真的觉得不开心的话就换个工作吧。我总觉得这样的工作对你来说真的屈才了，这些苦其实你是可以不用吃的。"

"没关系的，能有你的心疼就够了，至于其他的我会自己看着办的。要是什么时候真的到了我觉得非走不可的地步了，我会离开的。"

"嗯，千万不要让自己太劳累了。"

"不说这些不开心的事情了，说说你们部门吧，我们现在很缺人的，是不是要努力多招些人才好啊？"

"知道了，以前啊，你希望我能够天天陪着你就好，什么事情都不会让我做。可现在好了，动不动就让我帮你们部门做这个做那个的,我到底是不是你女朋友啊?"

"你傻啊,要是我眼前的人不是我女朋友的话,我至于这么辛苦自己吗?白天在工地上明明已经很辛苦了,可是晚上呢,为了能够让她开心,我还要拖着自己疲惫的身躯陪她逛街,其实就是压马路,根本就没有什么地方好逛的。"

"我就是知道你辛苦,所以就体谅你,让你找个舒服一点的工作,但是你却总说痛并快乐着,我能怎么办呢?也就只能顺着你的心意让你快乐加倍啊!不是你自己说的吗,天将降大任于斯人也,必先苦其心志,劳其筋骨,那就让你先好好苦着,说不定哪天就甜了。"

其实这段日子里,董鹿对自己的照顾可以说是无微不至的,自己越是不发牢骚,董鹿对自己就越是温柔。肖白以为凭借自己这段时间的努力,董鹿的想法会改观了,态度也会有所变化,没想到董鹿又回到了之前。肖白的心中有些失望,也有些愤怒:"哎,你还是不是人啊,我都这么累了你还忍心这样子折磨我。"

董鹿的原意是用自己的插科打诨让肖白的心情好一点,没想到肖白彻底误会了自己的意思,还像小孩子一样对自己发脾气，董鹿的火也上来了："我不是人啊？我不是人，我会每天照顾你，担心你，心疼你？我也早就说过了，你要是觉得这样的生活不是你想要的，你可以随时离开的，是谁口口声声套用古人的话说要在这里打拼的？既来之则安之，现在既然选择留在这里，还埋怨这些有什么用，我还是那句话，我们一起留下是因为彼此能有个照应，你走我也不拦着，工作归工作，感情归感情，你自己选择吧，我也不想多说什么了。"

　　肖白心里的苦董鹿怎么会不知道？正是因为知道这些，所以对肖白才会总是抱有很大希望，既然来了就好好做着，不为别人，要为自己，不然在这里受的一切苦就都不值得了。也就是因为知道，所以对他才会那么照顾，自己的压力尽量自己承担，没想到肖白还是这样三天打鱼，两天晒网，前几天还在为升了领班而沾沾自喜，抱着远大的理想说要当主管、经理总监，总经理一路上去。现在又说这样的话，董鹿压抑在心头的所有怨气就都发泄出来了。

　　而肖白这几天面对的董鹿一直是这么温柔体贴，渐渐习惯了这样娇小可人、善解人意的女朋友，慢慢忘记了之前那个雷厉风行的董鹿，一下子原来的董鹿又出现在自己的面前,他有些不适应,可还是迅速做回先前的自己:"好,说不过你,我无语了。还有什么狂风暴雨就一起来吧,我什么都不怕的,已经做好准备决定承受一切了。"

"好的,一会回去之后呢,就先帮你按摩一下,让你在你的室友面前扬眉吐气。然后明天早上给你买好吃的,让你有足够的力气去干活。"听着肖白这话,董鹿瞬间觉得那个妈宝男朋友果然还是一如既往地反反复复,看在他为了自己做苦力的份儿上,她立马扮演起了妈妈的角色,哄着肖白。

董鹿的转变让肖白一下子难以相信,刚刚还咄咄逼人,一下子又变成了小鸟依人的样子,他有些分不清楚了:"真的吗?你打我一下吧,看看我是不是在做梦。"

"走开啦,跟你说正经的你就开始耍贫嘴。"董鹿轻轻推了肖白一下,开始撒娇说些自己遇到的苦难。这种气氛已经好久没有了,最近因为新工作的压力比较大,加上很多不顺心的事情,两人都是战战兢兢忙着自己的事情,几乎没有时间让他们回到刚开始时的那种幸福快乐了。但是现在随着工作慢慢稳定,两人之前最初的甜蜜也开始慢慢回归了。

关于苦力的事情,刚开始以为只是一天,后来就变成了一个星期,工作量也从一开始的几个小时变成了半天,不断累加。

到后来为了配合去工地劳动,连培训都取消了。更夸张的是,早上一到工地,就得持续到下午才能回去,连午饭都是在工地上吃的。之前午饭后还可以回宿舍休息一个小时左右,现在午休就是痴心妄想,每天就是在工地上和农民工一起干活儿,都不知道自己现在是什么身份了。整个人都是累瘫在床上的样子,连吃晚饭的心情都没有了。体力稍微差一点的,都能在工地上累晕过去。

现在本来就是夏日炎炎的,再加上建筑内很闷热,又没有空调、电扇,人们就像在一个大烤箱里面干活儿,一直汗如雨下。

好不容易盼到了吃饭时间,但是那些饭菜却尽是些是清汤寡味,让人没有一点食欲。要不是因为下午还有一堆力气活儿要做,谁都不愿意吃。

原以为碰上雨季可以休息几天,但没想到就算是下雨天,也得去看看工地的情形。看着好不容易才干净了一点的餐厅，一下子又变得脏乱不堪，大家都叫苦不迭。在下雨的这几天里，还安排了许许多多的培训，因为前段时间的荒废，所以趁机要补回来。一些收银软件也陆续进场了，新一轮的培训也将开始了，办公楼里一下子又忙了起来。可是大家忙的都是些本职工作以外的事情，毫无乐趣。

肖白看着这里混乱的一切，似乎觉得这不过就是自己的一场梦，但是却又真真实实体会到了劳累给自己带来的痛苦。看着女朋友干劲儿十足，肖白越来越不明白为什么董鹿就那么愿意在这样的环境中委曲求全。两人刚找回来的一点点甜蜜又开始慢慢流失，肖白开始变得不怎么爱跟董鹿说话了。

偶尔在食堂遇到的时候，看见的都是董鹿一边吃饭，一边眉飞色舞地跟同事聊天。不，在肖白看来，董鹿只是在跟刘原一个人聊天，完全没有顾及别人的存在。现在的董鹿完全没有关注肖白的身影，连一个笑脸、一个眼神都没有。才短短半个月，两人的距离就被拉得那么远，现在肖白根本不知道董鹿在想些什么。董鹿也不明白肖白现在想要什么，两人散步的时候也是各自说着各自的心事，完全得不到对方的任何回应。

有好几次，肖白都很想把事情说清楚，可又怕一旦自己开了口就再也不能回头了，反而会追悔莫及。曾经因为一时冲动，他差点儿就失去了董鹿。他知道失去的痛，因为曾经失去过，当时的那种心如刀割，现在想来都难以忍受，所以他明白自己有多么不能离开董鹿，有些话、有些事就算自己再看不下去，也没有说出口的勇气。

如今看着身边的人，尽管在工作上都是那样劳累，可是感情生活却都像今年夏天一样炙热，唯有自己是寒风刺骨的，心里真不是滋味。好在现在为自己安排了很多事情，没有太多时间去胡思乱想。

雨季一过，温度一下子又上升了，工作量也一下子增加了不少，回到工地之后，还是跟以前一样，甚至比以前更累。每天就是十几个人在餐厅里面不停地工作，里面空间尽管很大，可还是能够闻到一股酸臭味。

即便是在这样的环境，还是有很多人来面试，不过真的上班之后，就都是一片抱怨声了，肖白觉得自己是被骗进来的。

大家从工地上回来之后就洗了澡躺在床上休息，没有说话的力气，马上就鼾声如雷了。直到饭点，闹钟响起的时候才慢慢从床上爬起来，走到食堂吃几口饭。以前还有人因为吃不惯食堂的饭，晚上约几个人去饭店吃，现在都不会了，吃完饭就回到自己的床上继续休息。

天气越热，人的脾气也就越大，本来到工地上干活儿就很不爽，各部门之间还斤斤计较的。餐饮部的发现房务部的几个女孩子天天就只是擦擦玻璃拖拖地的；而房务部的看见餐饮部的就知道坐在一边休息，什么活儿都不干，在食堂吃饭的时候还耀武扬威的，也是很看不过去。两个部门就这样一直隐忍着，直到有一次，一个餐饮部的男同事在午休的时候吸烟，弄得整个大堂都烟雾缭绕的，房务部的就开始借题发挥，跟他们要求以后不要这样嚣张。没想到，餐饮部并没有觉得理亏，而是更加肆无忌惮，好几个男同事都去吸烟，弄得女孩子们实在受不了，双方就开骂了，毫不客气地在大堂闹了起来。

这时候正好财务部总监路过，看见他们这样子就呵斥了几句，然后把这件事情告诉了每个部门的总监，希望他们要约束好他们的下属。总监们也不好撕破脸，只能跟对方先道歉，痛斥自己的下属太没规矩。

可是经过这件事情，两个部门之间就结下了梁子。培训的时候，只要对方有什么把柄落在自己手里，就会向上司告状，两个部门之间的怨恨就更加深了，常常因为一点点小事情就开始闹。

天气热，加上这里的条件也不太好，同事们的心里头就已经够不开心的了，又常常因为这样的小事情闹得脸红脖子粗的。很多人都觉得留下来没什么意思，可是又觉得要是就这样走了，之前的付出就都白费了，所以还是忍着，希望看到自己的努力能够有所回报。

尽管同事们都是怨声载道的，可是离职的人却没有之前多，直到客房部张经理因为自己部门总是招不到人而选择离职。其他部门的人也开始有些蠢蠢欲动了。大家觉得开业的事情一拖再拖，要是不能开业就是浪费了自己的时间和精力；要是真的能开业，一下子也招不到那么多人。那么为什么不等到开业之后再来应聘呢？到时候不是会更加舒服吗？

于是大家就开始拉帮结派，看看公司里有哪些是跟自己志同道合的人，到时就可以结伴离开这里，到别的地方去找工作，等这里真的开业之后再决定到底回不回来。

现在大家都调转枪头，开始为自己的未来做打算了，都在讨论着有哪些门路，有什么地方现在是急招人的。

别人都是为了让自己活得更舒服，朝着更好的方向去努力，才会选择离开，而那个曾经撞见过玉经理的小顾，却因为那次的偶然事件，每天变得心事重重、提心吊胆的。从那以后，他似乎做什么错什么，常常挨批受处分，因为工作犯错，一个星期被扣了400多块钱，而他又只是个普普通通的实习生，工资本就没有多少钱。照这样下去，自己赚的钱还不够公司扣呢。

他想了很久，终于决定离开，在离开之前最后一次请同宿舍的兄弟们吃饭。这个平时不怎么爱说话的小男孩，第一次说了那么多的话。席间，他端起酒杯说："兄弟们，能够在这样的环境里认识你们不容易，虽然现在我不再是酒店的员工，但你们还是我的好兄弟。不能做室友，不能做同事，这都没关系，只要以后我们还是朋友就好了。离职以后，我再也不想在酒店工作了，太乱，听其他部门的同事说，我现在的麻烦都是玉经理弄的。虽然那天撞见他的人不少，不过都是些有头有脸的，他不敢动手，只能拿我出气。他们部门的小姑娘都跟他关系不清不楚的，可惜谁也不敢说什么，我就是知道太多所以才会被弄成这个样子。你们以后注意点，不该看的别看，不该说的别说，自己知道就好，千万不能让别人发现你们知道。"

一番话大家听得心里都不是滋味，也都点头应允，想起这些日子里听到的各种消息五花八门，早就觉得人际关系这门课程不是好学的，他们当中也开始有人动摇了，一顿饭吃下来一半的人都打算离职了。

这些情况肖白都看在眼里。他也知道酒店不是自己的久留之地，只要自己一句话，父母会帮他安排好一切。可问题是，要是现在他就这样走了，他就什么都没有了，看着最近这段日子董鹿和刘原之间的关系，肖白绝对相信，自己一走，用不了几天女朋友就成别人的了。

不过现在这些人就是一时兴起，到底以后会怎样谁也说不好。现在离预计开业的时间已经越来越近了，只要等到那个时候就知道这个酒店到底有没有发展前途了，一步之遥，不能就这样放弃了。

七

　　看着现在一大帮人都在紧锣密鼓忙着开业的事情，几乎所有的人都开始慢慢相信这次酒店一定能够开业。可是越临近开业的日子，关于开业的消息却越来越少了，员工们私底下开始议论纷纷。可是董鹿那边却是忙晕了，天天都有二三十位应聘者来面试，多的时候可能有四五十人。

　　但进来的都是些基层员工，管理人员纷纷开始离职了，客房部的张经理早就想离开了，但是因为领导一直不答应，所以干脆也不办什么离职手续，直接就不来上班了。紧接着，温泉部的经理也递上了辞职报告，没过多久也离开了。财务部的一个资深老会计也递上了辞职报告。现在人们的脸上都写着不满，看着这么多的管理人员离开，就似乎看见了酒店的未来。却也有人看到了自己的机会，管理层走了，他们就可以上位了。筹备中的酒店，从内部提升是最快捷的升职方式。

原本不怎么来往的人，不知道从什么时候开始，居然成了好朋友。最会做人的就是温泉部的主管，眼看着自己部门的经理之位空悬着，她开始给其他部门的总监熬粥送汤解暑止渴。在工作上也更加任劳任怨，虽然是个女孩子，但是凡事都喜欢冲在前面，比男人还干得多。明明知道自己已经怀孕了，还是要在前面冲锋陷阵，完全没在管自己的肚子。

酒店的老人们为了自己的升值加薪，可以说是使尽浑身解数，而那些刚来的新面孔却总是整天在抱怨，看着哪里都不顺眼，觉得自己干的活儿不是应该干的，饭不好，环境也不好。还有的人质疑自己的领导，没有一点专业知识，故意为难人，等等，满腔的牢骚，分分钟想要离开。

肖白看着这些变数，觉得真的好混乱，想去探探口风,可是从董鹿那里听到的却都是好消息。说什么现在就是要大量招募员工,因为酒店随时都有可能开业,快的话应该就在这一两个月。还说酒店打算挂五星,以后来这里的都是些高级别的人,所以现在也要加强人员培训。还说领导们现在就是在锻炼人,其实领导也都挺体恤下属的,每天还有绿豆汤、盐水棒冰什么的。都是些场面上敷衍的话,而且还是些违心的话。对于这些话肖白根本就不想听,他开始觉得现在的董鹿越来越陌生了,两人之间的真话似乎也寥寥无几了,尽管知道聊工作上的事不可能做到无话不说,可是董鹿这样防着自己,还是让肖白很不舒服。

  原本想着距离近了,两人之间的关系就会变得更甜蜜,但是没想到从入职就开始吵架,一直到现在还是很有隔阂。不过现在也没有时间去考虑这些了,对于肖白来说现在的时间是很紧张的,他为自己安排了太多事情,所以也没有太多时间去考虑这些儿女情长了。而且经过这段时间的相处,他也知道,其实董鹿真正需要的不是时时刻刻的温暖呵护,而是在各个方面能够为她保驾护航,她需要的是别人告诉她该怎样做,而不是总是把她当小孩子一样,只会跟她说小心之类的。看着自己的情敌刘原，肖白更加知道，要打败他就要在各方面都比他优秀，要是自己没有真本事的话，迟早会成为这场爱情的炮灰。

虽然肖白渐渐感觉到他和董鹿两个人的道路可能不会太久远了，这段感情可能最后真的不会有结果，但他还是努力让自己变得更加优秀，让董鹿可以看到自己的优秀，希望可以挽回些什么。但现在的他也明白，有些事情不是自己想怎样就可以怎样的，感情是双方面的，而成就是自己一个人的努力可以慢慢创造的，所以肖白开始没有把心思都放在这些儿女私情上。经过了这些事情之后，他的想法慢慢发生了变化，现在对于他来说感情就是锦上添花的东西，已经不是他生命的全部了。虽然看着刘原和董鹿两人有说有笑时他依然会心里不舒服，可是不会像之前那样只会吃干醋了，看到不舒服的时候，他选择不看，将自己的时间与精力花在学习和工作上，他希望自己变得强大一点。

董鹿原来比较讨厌肖白总是没事找事，什么心思都放在感情上。现在肖白终于开始明白，人生不是只有感情而已，他不再像之前那样总是没事找事，虽然跟董鹿之间维持着男女朋友关系，但说得更多的都是工作上的事情。因为少了很多感情上的烦恼，董鹿也开始慢慢思索自己的未来。想着自己刚来的时候，这里被描述得像是世外桃源一样，可是现在看来，简直就是一片狼藉。晚上和肖白散步的时候曾经去里面看过，现在想要在短时间内开业简直就是天方夜谭，可是领导之前居然就已经承诺了客户，在几个月之后要帮人家举办婚礼，这根本就是不可能办到的事情。

但这也不是他们该操心的事情，他们需要正视的应该是两个人之间的感情问题，平日里庞大的工作量压得董鹿喘不过气来，这些事情又不能告诉肖白，否则肖白一定会让她马上离开这里。

董鹿慢慢觉得，现在让自己压力最大的不是工作，而是感情。她现在可以对所有的人坦白自己的辛苦，就是不能对肖白说出自己的真实感受。同样的，她感觉到现在肖白对自己也是这个样子，好像总是在强颜欢笑。曾几何时，两人约定过一定要真诚相待的，可是现在看来真的是太难了。

自从来到酒店之后，生活就开始变得一团糟，很多事情都跟自己当初想象的完全不一样，事情的进展根本就不在自己的预料之内。董鹿开始怀念在学校的日子，那时候每个人都有自己的梦想，现在想想是那样的不切实际，可是当初真的觉得是很美好的。那种单纯而美好的日子，什么都是一目了然的，不用藏着掖着，也不用去钩心斗角。

如果当初董鹿听了肖白的话，好好地留在市区发展，现在就不可能遇到这样复杂而混沌的局面了。就算遇到什么问题，父母就在自己身边，大家可以一起商量解决，不至于像现在这样孤立无援了。

可是这些都是自己的假设，是永远都不可能成为现实的假设。既然现在自己选择了这里，就要坚持自己的选择，一步步慢慢走下去。说不定越是这样的环境，就越能帮助自己尽快成为自己想成为的那种人。

虽然不知道前面等着的将是怎样不堪的局面，但是董鹿相信这样的混乱只是一时而已，用不了多久就可以一样样解决掉。酒店的混乱会随着酒店的开业慢慢消失的，而自己感情的混乱会随着时间的推移慢慢捋清楚。

走出失恋，时间会让你更幸福

中 篇

——爱情没有一帆风顺

八

　　入职的时候每个人的目的可能是不一样的,有的人是因为想要到这里来发展并迅速上位的,有的人就是想随便找一份不错的工作,也有的人就是想来培训培训,随便玩玩的。但是到了现在,所有想要留下的人,目的都是一样的,那就是希望酒店早点开业,走上正轨。可是酒店每每到了说好的开业时间时,就会找借口推迟,比如工期延后了、原本定好的餐具之类出问题,等等。

　　酒店的开业问题迟迟没有得到解决,没过多久新的问题就出来了，到发工资的时候，一些总监经理就来到了人事部，点名要找刘原。刘原十分客气将他们请进办公室，但是谁也不进去，直截了当地说："刘经理，你也别说那些假客套的话了，我就问你，会上的时候你是做出过承诺的，这个月一定会帮我们把社保缴上，为什么到现在为止还是没缴？你们每天找总经理盖章用车说是去社保中心，但是为什么好几个月了，这社保中心还是没有把社保缴纳上去？是你们的问题，还是社保中心的问题？"

刘原耐着性子解释道："我们确实是去了社保中心，但是一开始去的时候是手续没办齐，便没盖章。后来社保中心的单子改了，要重新填写。你们也是知道的，现在我们用车多，但是司机少，上次错过了缴纳时间。你们放心好了，该给你们缴纳的，一分钱都不会少的，之前的也会帮你们都补上的，下个月，我们争取就把社保这个事情解决了。"

"下个月？下个月？每次开会的时候你总是用各种理由拖着。到底是不能缴，还是不想缴？你把话说清楚了。要是这个事情你做不了主，你就直说，我们也不找你麻烦，我们就去找总经理，找老板问去，不打扰你了。"事情到了这一步了,他们说话也就越来越不客气了。

刘原还是一脸微笑:"这话说的,缴纳社保是我们公司应该为员工提供的社会保障,也是我们的义务。现在是公司最繁忙的时候,眼下的情况你们也看到了,确实有些地方是我们疏忽了,不过放心,我还是那句话,该是你们的绝对不会少。"

听到刘原做出这样的承诺,他们才消了些火气:"好,这话可是你自己说的,我们都听到了的。再等一个月,要是社保的事情还没有落实的话,那就不要怪我们在会上让你难堪了。一个人事部经理,连社保的事情都弄不好,那我们就只能逐级上报了。"

说完也不等刘原回复,一行人就离开了,人事部瞬间安静了下来。但是餐饮部也没有就此罢手,未缴纳社保的也不是只有餐饮部的人,大部分的人都没有,只有极少数来得早的人缴纳了,所以餐饮部干脆就把事情闹大了,在各部门中间拿这个社保的事情做文章。说是老板承诺的社保的事情都是假的,公司根本就不打算给员工缴纳社保。随着这件事情的蔓延,公司又开始传起了谣言,当初说的现在招的这些人都会不要的传闻也愈演愈烈。现在的版本是，这些人招来就是为了打扫卫生的，等到开业的时候这些人就会被全部辞退，酒店早就在外面招好了所有人马，而且都是高薪聘请。所以不只社保没指望了，就是工作也马上会没有着落。

很多沉不住气的人开始直接去找总经理要说法，可是这些找的人没有一个有好下场的，基本上跟总经理谈完话后就直接到财务部领了工资走人了。在员工中间也传起了总经理的谣言，说这个总经理就是董事会某个董事的女婿，他的丈人就是不甘心自己只有一点点股份，所以让他来这里任职总经理，从中捞油水。更有人说，这总经理在来的时候就已经放话了，到这里来就是为了捞钱的，所以找他谈社保福利的事情根本就没有任何作用。

除此之外，关于这家酒店的外围混乱也是众说纷纭，有人说这家老板不差钱，但是受人蛊惑了，前期不肯花钱，总觉得以他自己做酒店服务业出生，家族又都是从事这方面生意的，占尽了天时地利人和，不需要走那些歪门邪道就能够搞定前期所有的事情，可是度假村这种项目都是需要各方面支持的项目，光凭自己蛮干是不行的，但老板却偏偏不信这个邪，就知道靠着自己原有的人脉找客户资源，都没想过打理上下关系，现在成了众矢之的，有人拿这里的土地做文章，说是酒店公寓这些都是违章建筑，不能这样建设。

老板这才意识到了事情的严重性，但一切为时已晚，酒店并没有正式批下来，所以这个酒店就是表面热闹，根本开不了业。现在政府都已经找到接手的人了，到时候这里会做什么项目都不知道，这些人怎么可能还会留得下来？

一个个传言满天飞，听着也是一个比一个严重，那些新招来的人听到这些耸人听闻的说法，直接到人事部递交了离职报告。这时候肖白再也坐不住了，他想找董鹿再谈谈，希望酒店最近发生的事情以及现在闹得人心惶惶的这些传闻可以让董鹿下定决心离开："鹿鹿，我知道之前是我太少爷脾气了，看问题也不够久远，经过这段时间的历练，我真的学到了很多。来的时候，我们是抱着远大的理想，希望在这里出人头地的，当然如果酒店发展稳定的话，我们就都是元老，在这里的前景是可观的。但是现在酒店都自身难保了，更别说我们的发展，我们都应该冷静下，好好想想自己的未来。现在的我们跟以前不一样了，我们有了工作经验，不靠父母也能找到更好的工作不是吗?"

肖白原本以为董鹿经过那么多事情后会跟自己走得更近,没想到这段时间的锻炼不仅没有让董鹿放弃自己的梦想,还促使她打算在这里闯出一番天地:"我知道你天天跟他们混在一起,一定是听到了很多对酒店不利的传言,说什么酒店开不了业,要裁员。我也不想多解释什么,我只想说谣言止于智者,越是在这个时候,越是我们的机会。你想想看,所有的人都走了,但是我们留下来了,工作能力已经受到了认可,现在对酒店的忠心也表露无遗了,不给我们升职加薪给谁呢?"

"亲爱的,那只是你的想法,但并不是领导的。谁知道领导们现在是怎么想的,也许他要的并不是这些,而是丰富的工作经验呢。就算你升职加薪了,也不会给你很高的工资。我们又不是出去就找不到工作了,为什么非要在一棵树上吊死呢?"之前董鹿总是说自己很幼稚,跟她相比自己有时候也会有些自卑,现在经历了这么多之后,他却发现董鹿还是跟刚刚出校园的时候一样把一切都想得太美好了。

董鹿对于肖白的这种结论有些不想辩驳了,越来越觉得两人的思想不在一条线上:"我承认你的担心也是有一定道理的,但是我依然觉得这是我千载难逢的机会,我不想放弃,如果你想离开我不拦着你,但是我不会走的。"

之前听到董鹿说让他一个人走的时候,他总是千般不愿意,总觉得一个人离开爱情就完了。可是现在他渐渐明白,分开并不是一件坏事,也许更加看得清楚对方,更加能知道彼此是不是最适合的:"好的,我知道了,那你在这里好好干,这里的人际关系复杂,你自己也多加小心。我之前听说客房那边的张经理之所以会离开,就是因为他们的总监总是无事献殷勤,明明已经有老婆了,还总是向她示好,又是送花,又是送空气净化器,还送化妆品,张经理实在是受不了了才离开的。你要是遇到这样的事情,也别拖着,我们不差工作,就是没有工作,我也可以养你一辈子。"

"知道了,你放心吧,你担心的事情不会发生的。我会照顾好自己的。倒是你,以后少耍少爷脾气,放下你那高贵的架子吧。"

话已至此,肖白也知道董鹿是下定决心要闯出个名堂才会离开的,自己也不好说什么了。既然阻止不了,那就只能先保住自己了，但是真的说要离开，还是要跟家人说清楚的，所以肖白没有即刻离职，而是先把自己的想法和这里的生活环境都告诉了父母，征求了父母的意见，并且让父母帮自己找到了工作之后，才去离职。

在酒店干了这几个月，肖白越来越觉得酒店的工作真的不是自己想要的，他开始明白当初父母为他做的选择是对的，他真的不应该选择酒店工作。他的脾气性格都太直了，而酒店又是个有太多藏污纳垢的地方，所以这次他跟父母说清楚了，不想再做酒店了。父母呢，也劝他不要着急找下一份工作，可以在家先考虑清楚想从事哪一方面，到时候再找。而且他也在准备考试，不如等考完了，再去考公务员试试。

听了父母的话，肖白也不想在这里继续耗下去，跟父母商量好这件事情之后，第二天就直接到了人事部交了离职报告就走了。

再然后，他的父母就帮他找好了工作，肖白重新开始了新的人生。

与此同时，酒店里的问题却一个接一个地出现，公司内部乱作一团，董鹿也开始有点迷茫了，她真的不知道自己能在这里待多久。

每天看着这么多人来填写辞职报告,她不再像起以前那么坚定了。直到有一天,他们部门一个主管的离职,让她下定决心要离开。就在那个主管办交接手续的那天,她得到了一个晴天霹雳的消息。主管把他手上所有的事情都交接给了她与她的直属上司吴用主管,这时候两人的分工也算明确。但是在最后公司不动产盘点签收的时候,吴用却说自己很忙不参与盘点了,等到他们盘点完之后他最后签字确认就好了。当时董鹿也未疑惑,就乖乖去盘点了,并且在每一项盘点过的物品上面签了字。

很快这件事情就搞定了,但是物品清单交给吴用的时候,他并没有马上签字,而是放在了一边。随后就直接留档处理了,董鹿还催过他,但是吴用还是因为借口工作繁忙推脱了。晚上一个其他部门的主管跟她说:"小董,你真的是太傻了,这单子谁签字,谁就是交接人,现在你就是想辞职,也不是那么容易了。除非你能够找到有人跟你交接这些东西,不然的话你就不可能在这里全身而退的。现在就是酒店最乱的时候,要是清单上的东西丢失了,那就要找你索赔了。你别看着这些东西不怎么样，等到他们报价的时候那就是天价了。傻姑娘，你被人利用了，现在还是赶紧让吴主管签字吧，不然你的麻烦就大了。记住，以后不要随便签字，签了字就要承担法律责任的。"

这些话之前从来没有人跟她说过，想想吴用当时的反应，董鹿觉得那真是一个实实在在的坑。现在自己能做的就是快点让他签字，更加下定决心换工作了，只是当初执意把说好的工作推掉，现在是没脸再去找肖白了，只能偷偷摸摸在网上找工作。

出了这样的事情之后，董鹿满脑子就是怎么样可以及早脱身，心思完全不在工作上。

而肖白此时正在紧锣密鼓地准备公务员的考试，他的父亲帮他找了个社工的工作，先开始接触社会服务这一块儿的事务，接着报了公务员考试，以及企事业单位的考试，看看哪个结果好就去哪个，人生也算是走上了正途。

听完肖白的情况，董鹿也大方恭喜了肖白，但是电话挂了之后董鹿的眼泪夺眶而出，两个起点一样的人，现在的境遇却是天差地别。如果不是自己作，现在的她也可以跟肖白一样在家里享清福,哪里需要这样委屈自己的。现在自己吃的苦不仅没有任何意义,甚至无法说出口,还得在别人面前强颜欢笑。

心情跌落到谷底的董鹿觉得到了自己必须做出选择的时候,她悄悄填写了离职报告,毅然决然地拿到了吴用的面前。"吴主管,我想辞职。"

吴用看到这个离职报告吓了一跳:"小董,你看你干得好好的,怎么就要辞职呢?我知道你一定是听了很多关于酒店的流言蜚语,不要相信这些,越是在这个时候就越是要留下来。只要熬过这个过渡期,你的前途不可限量,我一直都很看好你的。"

董鹿最受不了的就是他这种表面和气心里不知道想什么的表达方式,直率地说道:"跟流言蜚语的没关系,酒店的情况您也不是不知道,我也不想跟您做什么辩论,只想说我不想干了,是我自己的事情,与酒店无关。只要您签字,并且在上次的交接表上签字就好了,谢谢!"

"好好好你离职,我尊重你的选择,我签字就好了。这没问题的,那表格就不要说了,跟你也没关系的,之后我自己会处理的,你只要把你每天的工作写清楚,然后跟我把剩下的工作交接下就好了。"吴用一边做着自己的事情,一边把离职报告放在一边,完全不想继续搭理了。

看着他这个态度,再想起之前的一些事情,董鹿的火气马上就上来了:"这是什么话?我签的字,不关我事?谁知道你安的什么心?要是真的想不关我事,当初你就签字啊,干吗让我去盘点?"

听她这么说,吴用也火了:"说什么呢?我都说了我忙,我要是不忙的话还用你帮忙吗?别忘了你是我下属!在你走之前我会跟你做交接的。"

此时,刘原从办公室里走出来,呵斥了两人:"都是一个部门的,有什么大不了的事情大吵大闹成这样?还嫌不够乱吗?"说完就把董鹿叫进了自己的办公室。

董鹿被叫进办公室之后,刘原说道:"你最近真是有些太心浮气躁了,我知道,面对最近的这些流言蜚语,你会有所动摇,但是你不能把这些负面情绪带到工作当中去。论能力,你不比吴用差的,但是你缺少忍耐力,在人际关系上没有他那么圆滑。记住,要成大事,就要学会隐藏自己的内心。出去之后跟他道个歉，然后你该干吗就干吗。"

本以为刘原是酒店里最了解自己的人，但是没想到他会对自己说出这样的话。"刘经理，我知道你的意思，但是我就是不服气，凭什么呀？"

"你看你，到底是年轻，还是年少气盛的。跟你说实话吧，我已经在会上提出来了，只要酒店开业就升你做人事主管，到时候你们就是平级了。公司领导也都很赏识你，但是你这脾气还是要多加磨炼，如果你还是这样火急火燎的，以后工作交流会很难的。"看董鹿还是这么不理解自己的苦心，刘原干脆就把自己的底牌亮了出来。

听到这些，董鹿渐渐懂得了刘原的苦心，也不再为自己的去留问题纠结了。这不就是自己梦寐以求的吗？为什么还要舍近求远换工作呢？一下子她的委屈一扫而光了。"好的，刘经理，我知道自己该怎么做了，不会让你失望。要没什么事情，我就先出去了。"

"嗯，没事了，出去吧。"说完，刘原就示意董鹿出去了。

就在董鹿进办公室的时候，吴用的电话响了，是他女朋友打来的，她在工地上干活儿干得正起劲儿，忽然发现小腹坠痛，下身也似乎有液体流出，就去卫生间看了下，发现有些见红了，就跟领导请假回家休息了，以为在床上休息下就会没事的，没想到量越来越大了，腹部的疼痛感也加剧了，似乎有流产先兆，所以想让他请个假陪她去趟医院。

接到消息之后，吴用就开始收拾东西，准备请假回去陪女朋友去医院。这时候董鹿从办公室出来，直接走到他面前说："吴主管，对不起，刚刚是我太激动了，请你原谅。希望我们以后好好合作。"

吴用这会儿满脑子都是女朋友的事情，哪里管得上她："知道了，我现在要请假，这是档案柜的钥匙交接给你，还有我桌上的文件夹里是我需要你做的事情，你自己好好看下，不懂的电话联系。"

说完，也不等董鹿说什么就冲进办公室，然后又冲了出来，一路飞奔着离开了办公室。他一走，刘原就出来说："两位漂亮的小姐，我这里有五百块钱，你们下午回去的时候去趟超市买些营养品、食品，再买些水果什么的，明后天拎到吴用家去。她老婆身体不适，我是男士，不方便去，你们两个就代表本部门去看望下。"

董鹿、雅静二话不说就接过钱，开始商量需要采买的东西，然后就按照刘原说的去执行。这件事情忙完之后，就继续着本职工作，由于酒店刚开业，办公楼要暂时封起来，所有的人员都要搬到筹建办去办公。离开这里之前，要把这里的资产全部盘点清楚，并由直接责任人签字。所有的人都知道这是一项烦琐的工作，所以吴用在刚刚听到风声的时候就借口休婚假，一是女朋友刚刚流产心情郁闷，二是两人也想在开业之前忙完婚事，然后就可以全身心投入工作了。说是这么说，其实就是陪着老婆在外面风流快活。而雅静看到酒店的状况，觉得待下去也没什么意思了，就跟着大伙儿一起离职了。现在人事部就剩下董鹿和刘原两个人。

现在的董鹿每天不是忙着陪财务部的人盘点资产，就是忙着帮员工办理离职手续，天天忙得脚不沾地。领导要求中秋节后第一个工作日要做最终的资产核算，而到目前为止，很多工作才刚刚开始，看样子三个休息日是一天都休息不了了。

肖白离开酒店已经有半个月左右了，董鹿因为这段时间忙也没有回家。于是之前电话约定两人在中秋节的时候去拜访双方父母,之后去挑选结婚戒指。但是现在由于工作的关系,假期计划都泡汤了,董鹿不知道该怎么跟肖白解释,而且也担心双方家长会不高兴。

没想到董鹿将情况告诉肖白时,他不仅没有生气,反而还安慰她:"哎呀,当初就叫你跟我一起走的,你就是不听,现在能有什么办法?要做女强人就必须得牺牲一些东西,工作最重要,我们的事可以再改时间。父母那边我会去好好解释的,放心吧。"

尽管对肖白和家人有万分抱歉,可是路是自己选的,现在也不能半途而废。三天假期,把董鹿忙得够呛。

就在董鹿黯然神伤的时候,肖白忽然打电话:"董小姐,我现在在你办公楼下,我给你带了好多东西,你能否跟我一起搬?"

"啊?你什么时候来的?"

董鹿三步并作两步地下楼了,看到肖白拎着大包小包站在大门口,一时激动得说不出话来。两人一起把东西搬进宿舍后,董鹿才发现里面都是些她平时爱吃的零食,还有月饼。除此之外,肖白还帮她带了几件衣服,天气渐渐转凉了,他知道董鹿最近忙得很,没时间回家,也没时间逛街买衣服。

稍作休息后,两人就一起来到了董鹿的办公室。肖白说道:"哎哟,你不知道你不在的这几天可是把我累坏了。我先是陪长辈吃饭,商量我们的婚期,然后去看婚礼场地,挑选婚戒。因为不知道你喜欢哪一款,就厚着脸皮用手机拍了下来。"说着就拿出手机,让董鹿挑选戒指的款式。

看到肖白如此的细心和周到,董鹿感动得快要哭出来了,原以为他跟小孩一样,没想到认真起来既贴心又周全,什么都替她想好了,什么都帮她安排好了,原来真正能够照顾好自己的那个人一直就在身边。董鹿一边慢慢挑选着婚戒式样,一边聊着肖白的近况。

不知不觉,夜色已晚。临走之前,肖白说:"鹿鹿,我知道你是好强的女孩子,你一定会凭着自己的实力闯出一番天地的。不过一定要注意身体,千万不要死扛,反正我们马上就要结婚了,你要是做得不开心就不要做了,以后我养你就是了。"

听到这话,董鹿顿时泪如雨下,紧紧拥抱着肖白。此刻董鹿觉得肖白就是她命中注定的真命天子，不管以后走在哪里，只要肖白在身边就一定会很幸福。

董鹿送完肖白，回到宿舍楼门口时，看见刘原一个人站那里，董鹿原本以为他是在等别人，没想到刘原却说是在等她。

还没等董鹿开口，刘原便说："原本以为把你留在这里是在保护你，没想到其实是害了你，让你牺牲了很多私人时间来处理工作上的事情。今天是中秋节，你原本可以和家人团圆的，但是因为工作，只能在这里度过了。"

"刘经理，没关系的，就算我没回家，我男朋友也会过来陪我一起过节的。其实这件事情我还真的要谢谢你呢，要不然我都不知道原来我们对彼此是这么重要。"

"要是这样的话那我就更加后悔了，原以为我还有一丝机会的……"

"刘经理，今天是中秋节又不是愚人节，没必要说这种玩笑话吧？哈哈。"

"你觉得这是玩笑话吗？"

"刘经理，时间不早了，我们还是早点回去休息吧。"

"董鹿，现在又不是工作时间，你不用这么躲着我的。

我只是有些话憋在心里太久了,有点难受,所以想说出来。你要是真的不喜欢我的话直说好了,我能接受,也能理解。"

"刘经理,一直以来我都把你当作是我的榜样,我很欣赏你在工作中的魄力和处理事务时的决断。但是说到个人感情,我真的只是把你当朋友,像兄长一样的朋友。"

"你的意思我明白了,我就当今天是愚人节了,好好休息。"刘原说完头也不回地走了。

感情原来是这么脆弱的。经得起风雨,却经不起平凡……

——张爱玲

九

在刘原表白之前,这个中秋节对她来说是充满着感动与幸福的,但是在刘原表白之后,这份感动与幸福却有些变味了。盯着满屋子的零食,她此刻想到的不是自己的男朋友,而是刘原。知道肖白是最合适的结婚人选,所以从未想过自己会对别的男人有非分之想,哪怕是遇到让自己如此欣赏崇拜的刘原,她也只是将其当作工作上的偶像而已,从未想过别的。

但是现在,就在这个中秋节,刘原毫无征兆地向她伸出了橄榄枝,她坚定的心却开始动摇了。论家世背景,肖白是再合适不过的了,两人也算是青梅竹马,从学校踏入社会,依然还爱着彼此。他们是朋友中的金童玉女,也是父母眼中最美的一段姻缘,可是跟肖白在一起时董鹿总是会有一种紧张,喘不过气来。因为他的家世背景太让他有依赖性了,什么都不用做就可以丰衣足食,而她最看不上的就是啃老族。刘原确实是她喜欢的类型,自信,上进,成熟,稳重,可以教她成长的人。而肖白只能是她教他成长,连陪她一同成长都做不到,情感的天平摇摆不定,却还是在道德的天平上坚决拒绝了这个让自己动心的男人。

拒绝是她应该做出的选择,可是她的心却有些隐隐作痛,她怕错过了就再也遇不上这么好的男人,怕与肖白之间的感情就是生活的苟且,怕自己后悔……这一夜她彻夜未眠。

第二天,她迟疑了,不想上班,毕竟现在办公室就只有他们两个,尴尬至极。但是请假又是那么说不通的事情,纠结了良久只能硬着头皮来到了办公室。刘原早就已经在办公室准备资料了。现在办公室就他们两个,所以刘原也不去自己的办公室,而是在吴用的桌子上办公。

看见董鹿进来,他就像是没事人一样,笑着说:"真踩点儿,再晚一会儿就迟到了,这样的工作态度可不对。你要想有机会飞升,就要在这个时候比别人努力两倍、三倍,甚至更多。"

刘原的一句话,立马让董鹿意识到自己昨天晚上是有多么的幼稚,人家那么的公私分明,自己却因为那样的一点点小事纠结了一晚上。他的轻松立刻让董鹿收拾了纠结的心情,笑着说:"中秋节,不能回家,就给自己放松了下,不过刘经理,你放心好了,现在我已经是满血状态了,我会努力工作的。"

说完之后董鹿就回到自己的座位上开始准备今天需要处理的事情。因为酒店的动荡,所有部门都人心惶惶的,员工们一个个开始离职,一些经理和主管也纷纷坐不住了,来到人事部交辞职报告。尤其是当大家听到本月辞职的,不管是上班到几号都发一个月工资的时候,来的人就更多了,简直是人满为患。

董鹿除了忙着办理员工离职手续外,也要整理这些人的档案,这时候就有人浑水摸鱼,趁着董鹿不注意的时候将自己的劳动合同拍下了照片,也有的人搞到了自己上班以来的考勤记录。

闹过一阵子之后,这里的人只剩下原来的三分之一,人事部终于有了喘息的机会。可就在这个时候,社保中心的人打电话过来,说是他们酒店有许许多多的人在社保中心告他们。这边是社保中心来访,那边人力资源局寄来了上庭通知书,很多员工约好了一起去申请劳动仲裁,现在酒店很被动,要配合调查、调解。

可是还有一个十分棘手的问题摆在面前,那就是所有人力资源局需要的文件资料都是吴用保管的。而吴用又是个小心翼翼的人,休假前只是把一些琐碎的事情跟董鹿交接了下,涉及公章、人事资料、劳动手册的事,就说要等他回来再说。而且把柜子死死锁住了,钥匙都带走了,董鹿和刘原根本就打不开柜子。

这时候刘原就直接下令:"董鹿,你先给吴用打电话,把这里的情况跟他说下,就说,我要把柜子撬了。要是联系不上,就直接给他发条短信,知会了就行,其他的就按我说的,找人把柜子撬了,这边的事情不可能等到他回来处理的。"

董鹿接到命令之后就开始着手处理这件事情，配合相关人员将资料都提供上去了，等着下一步的通知。很快就确定了开庭时间，因为现在公司的人手有限，所以庭审的时候，董鹿、刘原以及跟部门总监都去旁听了。这件事情很快就以酒店的败诉得到了解决，该赔钱赔钱，总算是把原来的员工赔偿都处理得差不多了。

就在一切都尘埃落定的时候，吴用带着自己的新婚妻子回来了，他们准时回到自己的工作岗位。酒店为了补偿他老婆的损失，就提拔她为经理，不过并不在酒店任职，而是去了老板旗下的其他餐饮公司。而吴用也被提拔成了经理，也是要去别的地方任职。

听到这个消息，很多人都在他们背后纷纷议论："攀上温泉部总监这棵大树有什么用？这总监一开始来的时候还是代理总经理呢，结果呢，权力无限量下降，现在一点实权都没有。他们跟着他，迟早也会自取灭亡的。看着是升为经理了，实际上呢，夫妻两地分居，新婚宴尔的，有什么意思。"

本来一件好事却被说成了这个样子，吴用回来的时候脸就是臭的，一脸的不爽，看到董鹿就提到了音量："董鹿，你怎么回事？我不过就是请假回去结了个婚，你干吗把我这里弄得乱七八糟的？我的文件呢？我桌子上的文件呢？怎么都找不到了？"

看着他这样找碴儿，董鹿也不客气，他已经不是自己上司，也不用在意什么情面了："吴用，你搞清楚，你离开的时候，所有的文件都是锁在你抽屉里的，你的抽屉谁也没有动过。柜子撬开的事情也是跟你说明的，是你自己收到短信没有回复的，现在不要明知故问。还有，别像个女人一样，在外面受了委屈就随便找个人撒气，谁也没必要承担你的负能量。刘经理说了，你马上就要去别的地方走马上任了，把你这边的工作跟我交接下吧，下次新人来我们就自己交接了，就不麻烦你了。"

说完就回到自己的位置上拿了固定资产的盘点表，还没等吴用反应过来就说："你看下，这是物资清单，你看是现在交接，还是现在去重新盘点一遍再交接？我这边事情多，你早点拿定主意跟我说一声，没空跟你瞎扯。"

没想到董鹿会有这么厉害的一面，吴用只能认栽，一句话也不说，单子也不看一下就签了字，然后收拾了东西离开了。

这边吴用刚刚办理了交接手续，那边代理总经理看到这里的一片狼藉也下定决心马上抽身早退。这个消息在酒店传开之后，人们再一次开始议论纷纷。有人说这就是个空降军，靠着老婆、老丈人的小白脸。从第一个工作，到现在这个工作，一直都是靠着裙带关系才混出个人样。而他来这边也根本就不是为了好好工作，就是为了敛财的，折磨人都是他出的主意，什么不交社保，又要把员工当苦工用，都是他想搞垮这个酒店，把这边的人都开除光了，就招募自己的人，最后实现将酒店占为己有的目的。

　　当然了，事态的发展远远超过了他的想象，没想到政府会插手这件事情，搞得酒店迟迟不能开业。明明已经谈好的几单生意，也因为不能开业而搅黄了。这些事情在业界的影响很不好，很多原本愿意投资的幕后大老板们却一个个都退出了这个计划。

　　就在董事长处理好所有事务之后，他就让人事部将最后剩下的人聚集在一起，做了一个简短的演讲。那天他去了趟理发店，将他的平头重新理了一下，穿了结婚的时候穿的那件黑色的西装，尽管这衣服买了十几年了，但是只要有重要场合,他就会穿那套衣服。他穿戴整齐地来到演讲台,神采奕奕地说:"看到现在酒店还剩下这么多人,我感到很欣慰,也谢谢你们能够留下来,一如既往支持酒店。我保证,今天站在这里的人,只要能够继续坚持下去,酒店绝对不会亏待你们。这是给你们的定心丸,但是现在,我也要给你们一些风雨,首先,之前酒店保证的给你们缴纳社保的事情,现在只能取消。对此,我感到十分抱歉,但现在是我们最困难的时候,所能提供的就只有这么多了,希望你们谅解。"听到不缴纳社保,台下听着的人开始有些窃窃私语,他觉察到了他们的异动,但还是自信地接着往下说,"我知道这对你们有些人来说是难以接受的,我不勉强你们留下,前期的条件是辛苦的,但是辛苦一定是会有回报的。留下的员工,工资翻番。其次,现在各个岗位都存在人手紧缺的问题,所以,各位年轻的同事们,不管你们来的时候是什么职位,只要主管以下的,男员工开始服务员培训,女员工开始接受客房部服务员的培训。我不能保证这是暂时的或者永久的,有能力的,用你们自己的本事回到原有的岗位上,否则只能被淘汰了。最后,是关于总监们的安排,从明天开始,酒店再没有总监这一职位部门最高主管就是经理,最高工资7500元,要想拿高工资就多加班,多劳多得。以上就是公司的最新安排,我要说的这些,你们去留自己决定。"

说完之后,董事长就潇洒地走下了讲台。员工们呢,也没有鼓掌表示认同,只顾着自己窃窃私语。他也没有再管这些,只是走到刘原面前,说:"刚刚忙完,现在又要忙起来了,这才是忙碌的开始。之前停止的招聘工作现在重新开始,另外多准备些离职单,我想这几天离职的人也不在少数。人事部,你一个人先撑着,招到了人,再把你那里的员工调回去。"

刘原听到董事长要将董鹿调走忍不住就反驳:"董事长,我们部门现在正是最缺人的时候,能不能把董鹿留下?我这里也需要个帮手,她在这里做得也很好,我觉得非常适合人事部。"

董事长有些皱眉头,音量也有所提高:"现在前方在打仗,你不能因为前面危险就护犊子,你这时候更应该做出表率,不然其他部门的同事凭什么去做服务员培训?我得一视同仁。"话说到这个份儿上,刘原也就不好再多说什么了。

董事长走后，员工们就像是炸开了锅，一个个愤怒地说道："搞什么搞，之前还说最后留下的都不会亏待的，现在可倒好了，就把我们当傻子了，不缴社保，还要让我们去做服务员，还干什么干？不干了！"

　　剩下的几个总监一直以来都是特别稳定的，现在听到勤勤恳恳不仅没有加薪，反而是降职减薪，他们如何受得了。"之前的员工，都薪资丰厚，好吃好喝好工资，却都离职了。剩下我们几个就像是包身工一样，起早贪黑在那里拼死拼活干活儿的反而被降职减薪，他们从一开始入职的时候就缴着社保，我们一开始说要缴的，现在却说没有了，真把人都当傻子了？还干什么！刘原，你什么时候回办公室？直接拿离职报告给我，没法干了，走人。"

　　刘原应付着他们，回到办公室拿了辞职报告就给他们了，等人事部的人走光了之后，他就对董鹿说："你也离职吧，这里没有什么前途的，你是上海姑娘，跟我们这些外地的不一样，社保对你来说很重要，这是其一。其二，现在的你也有工作经验了，出去以后一定可以找到比这个酒店更好的工作，我相信你有这个实力，也有这个能力。其三，你的目标是人事，而不是服务员，他们这样太屈才了，你还是早点走的好，不要耽误了自己。"

对于刘原的想法，董鹿也不是没想过，只是越是到了后期，董鹿就越是不甘心就这样一无所有地走掉。如果在这里干了一年还是个普普通通的文员，也就意味着她下一个工作也只能从文员开始，然后继续打拼，可是如果是主管或者更高的职位，那么她去应聘的起点也就高了，所以这一次董鹿十分坚持："刘经理，你放心好了，我一定会回来的，再回来的时候一定不是文员，我相信。我现在不会走的，现在走，那么值钱的苦就都白吃了。"

听了董鹿的话，刘原也就不好说什么了，就只能由她去了。从第二天开始董鹿就到房务部报到了，之前做人事的时候跟他们这里的同事都混熟了，所以这次去时大家对她也都十分客气。

这是董鹿来这里之后的第一次培训，在那之前尽管有培训的机会，但都因为工作繁忙一次又一次错过了。这次机会对董鹿来说也是千载难逢的，第一天她就了解了客房这边的整体流程，从入住到退房，一连串的流程。还有就是如何迅速提高自己的记忆力，因为做酒店前台或者服务员都必须对酒店的房间号、户型了如指掌，这样在被客户问到的时候才能够对答如流，为客人提供最好的服务。而酒店服务的宗旨就是把顾客当上帝，让他们住店就像回家一样，这样客源才能够源源不断。在主管经理们的培训下，董鹿对酒店和服务业有了更深的认识。

这里的学习跟之前在课本上、学校里学到的东西完全不一样，这里教授的是一种技巧，不管你处于什么身份地位，态度不卑不亢，不能因为工作失去自我。

在这里上班的第二天，董鹿开始接触收银软件，这也是自己之前从未接触过的。她印象中的收银就是专卖店那种简单的电脑收银，但是现在接触到的是专业化的收银系统。此刻的她就像是小孩子第一次接触到自己感兴趣的东西一般，对什么都充满了好奇，老师讲课的时候她认真地做好笔记，课后她还是小伙伴们的小老师，那些没学会或者有些没听懂的同事，都会找她继续补课。

除此之外，客房的主管也会带她们去客房实地考察，告诉她们如何能够迅速整理好房间；怎么将房间布置漂亮，在细节处给客人留下深刻印象；怎样才能够花最少的时间做最多的事情；在繁忙的时候如何根据事情的重要性，排好先后顺序然后一件件完成。

在讲到仪容仪表时，老师也教会了女员工应该怎样正确地打扮自己，如何选择最适合自己的服饰和妆容。除此之外，更是告诉女员工，怎样做一个凸显自己优势的美丽女人。老师还推荐了适合她们阅读的客户心理学书籍。

几天培训课，对董鹿来说受益匪浅，她在学习中慢慢总结自己之前工作中做得不足的地方，思考如何将事情事做到事半功倍。她安安心心地在房务部学习着，慢慢积累自己的知识，等待着有一天自己能够发光发亮。

你问我爱你值不值得,其实你应该知道,爱就是不问值得不值得。

——张爱玲

这边董鹿他们几个接受着紧张而密集的开业前最后的培训，那边酒店老板在整顿好了内部混乱之后，也意识到了自己之前的刚愎自用，靠着自己多年的人际关系，将违章建筑的事情搞定了。

在政府的支持下，不少当地人也开始联系酒店将他们的酒席放在这里办，几位领导也通过自己人际关系拉到了不少的生意。

在开业之前，酒店也广发邀请函，在商界、政界、娱乐界、文艺界邀请了不少人前来参加开业仪式，帮忙剪彩。时隔半年之后，酒店终于能够在这一年的最后一个月顺利开业，只是物是人非，早就已经改头换面了。

开业前一天人事部接到通知，要求所有员工开业当天务必全部到场，并且在早上七点的时候就要在酒店门口集合，将开业前的祭祀仪式办完了之后才能够回到各自的工作岗位上。

接到通知后的员工们有些怨声载道，忙了这么久，晚上还要加班加点做最后的检查确认，第二天还要起个大早，这简直就是要命的节奏。抱怨有，兴奋更加有，到了现在这一步了，那些剩下的老员工更加想知道自己心心念念酒店开业到底是个什么样子，特别期待第二天的开业典礼。

第二天一大早，所有人都集中在了酒店大门口，在门口的正中间，早就已经摆好了供桌和贡品。酒店老板信佛，所以供奉的是释迦牟尼，在酒店一进门的时候，正面迎来一座释迦牟尼的半身石像，大概有半个门那么大。昨天还不曾看到有这个佛像，也不知道什么时候请来的。

六点半的时候，董事长就带着总经理等酒店领导来到了大门口，依然穿着那套结婚时穿的西装，只是在外面套了一件呢大衣。他双手合十虔诚地来到了佛像面前，拜了三拜，然后面对众人开始了开业演讲："……很感谢大家能够陪着酒店一直到开业，你们都是英雄，是酒店的功臣，因为有了你们，酒店才走到了现在。当然，也很欢迎新同事加入我们的队伍。你们用真心告诉酒店，你们多么需要这份工作；酒店也会用实意告诉你们，你们的选择是多么正确。现在很多岗位都空缺着，我相信你们都会是走到那些空缺岗位上的佼佼者，今天我在这里对你们演讲，总有一天你们会在这里给我们的新晋员工讲酒店的历史与发展。最后，再一次感谢大家的坚持，今天请大家继续努力，给酒店一个最好的开头。"

说完之后，听众们响起雷鸣般的掌声，掌声过后祭祀活动正式开始。老板站在最前面一排，后面的是总经理和各部门经理，再后面的是主管，然后是领班和各部门的员工。大家整齐地排列着，跟着老板拿着三柱清香，对着佛像三鞠躬，然后围着佛像走一圈，嘴里念着阿弥陀佛，最后回到先前三鞠躬的地方，再一次向佛像行礼。这一系列动作完成之后，从董事长开始，众人依次将自己手中的香插到香炉里面，等到香烧完，这个祭祀仪式就算是结束了。

仪式结束之后，董事长就让众人将这些祭祀的贡品都撤了，让人在大门口准备好鞭炮、爆竹等，准备吉时到了之后就举行开业仪式。这边刚刚忙完，那边之前收到请柬的宾客们就开始陆陆续续到场了。刘原陪在董事长、总经理的旁边迎接贵宾，董鹿正在酒店餐饮这边负责接待，随时待命。

在这样的热闹里，在政府官员合作伙伴等的捧场中，终于完成了开业剪彩活动。

之后就是安排他们用餐，座位和菜单早就定下来了，开业第一天，餐厅里座无虚席，很是热闹。用餐过后就是带着各位在酒店里四处参观，董鹿等几个老员工就充当了临时导游，向他们介绍了酒店的历史，还有这些建筑物的灵感由来和背后的文化意义，以及度假村里的各种特色娱乐设施，还有温泉、客房、餐饮、垂钓、赏花等设施和环节。

这一介绍就花去了一下午的时间，刚刚介绍完酒店大致情形，就已经到了晚饭时间。晚餐的时候安排了娱乐演出活动，所有的工作人员又被抽派到了后台帮忙，演员的疏散，节目的安排，这些都是酒店工作人员安排的。这边刚刚忙完，那边客人陆续离开，她们又都要回到自己的工作岗位上，准备送客，给来酒店的客人送上酒店特制的小礼物。

就这么忙了一整天之后，他们才有时间可以安静地吃顿饭，然后还要帮着餐厅的工作人员打扫卫生，清洁餐具什么的。一番忙活之后，直到十点，才算是完工了，员工们拖着疲惫的身躯回到了自己的宿舍。

因为一直忙着开业的事情，现在董鹿根本就回不了家，家里一直都是肖白在照顾。以前觉得肖白就是个大少爷，什么事情都是他一个人说了算，完全不考虑别人的想法，但是经过这么多事情之后，肖白跟自己想象中完全不一样，在紧要关头他还是很清楚自己到底要做什么，他只是一直没有表现出来而已。

现在对于董鹿来说是最满意的时候，事业爱情双丰收，只是不能经常回家。不过只要自己变强，不管在哪里都会发光发热的，到时候就可以随心所欲地选择工作。现在只是起步，难免会遇到许许多多的困难，这也是现在最能安慰自己的话了。

晚上董鹿回到宿舍之后，想起白天的事情，之前所有的人都不看好酒店,现在酒店终于可以如期开业了。而且不是一般的小打小闹,听其他同事说这个地方有头有脸的人物都被请来了,来的几个画家、书法家也都是在各自的领域里有一定知名度的。听说经过一天的接触,老板已经跟他们商量好了,以后他们每周一次的雅集活动都来这里举办。

除却这些有头有脸的人物不说,就算没有他们的支持,当地百姓的订单也不在少数,听说婚宴的订单已经排到了明年下半年了,现在还有不少人想要在这里订酒席。在自己做导游期间,董鹿也听到了一些关于这个酒店的评价:"这个酒店刚刚开业就能有这么大的阵仗,以后的实力不容小觑。这里的厨师,实力绝对不凡,厨艺完全可以媲美米其林餐厅的厨师。而且酒店温泉也是打出了'上海第一家天然温泉'的名号,对于养生的人来说绝对是不容错过的选择。这里不仅举办有雅集活动,而且还有景色怡人的观景房,绝对不比其他旅游胜地差,我是很看好这里的发展的。"

还有人说:"这老板一定大有背景,之前发生了那么多的事情,不是被告,就是破产,现在却像没事人一样,又开了一家大酒店。就冲这点,这老板一定不简单。"

除此之外她还听到了这样的一番对话:"哎哟哟,这可真是厉害啊,上次的事情才过了没多久现在又开业了,真是了不起啊,看来这老板是大有来头的。"

"就是说呀,我们这边的领导干部都来了,看来他们平时的关系一定是很好的,这里以后可就要发大财了。要是能在这里做事情就好了,以后一定有出息的。"

"我可是听说这里的老板在政界、商界认识不少人呢,有钱有权,以后能不发达吗?"

……

一想到这些,董鹿就觉得自己当初的决定没错,就应该留下来,这里一定是可以让自己大展宏图的地方,信心便越来越坚定。但是当工作实在是太累时,她便忍不住给肖白打电话:"我刚刚忙完,累死我了,感觉自己马上就要虚脱了。可是这才第一天,后面还有更多的考验,怎么办?"

很少听到董鹿会这样子示弱,肖白觉得有些受宠若惊,又有些心疼:"我早就告诉你,这里的工作不适合你,让你早点离开的,可是你说那是你的梦想,我尊重你的选择。路是你自己选的,就应该好好走完,我相信你可以走得很好。这是我给你的鼓励和安慰,但是我也想给你一个臂膀,那就是如果哪一天你真的干不下去也没事,我养你。你不想工作,我们就不工作,你想工作,我可以给你找更好的工作,别让自己太累。你要继续,我支持,你要回来,我张开怀抱等你。"

"这是不是就是人们常说的一日不见如隔三秋?我们才多久没见过面呀,你这么快就脱胎换骨了?"自己一直忙着工作,好久没有跟肖白联系了,不知道从什么时候开始,肖白已经不是自己认识的那个人了,现在的他是多么的成熟稳重,可是自己却觉得有些难以适应了。

肖白对于董鹿这番话理解为夸赞,他笑着说道:"谢谢你的表扬,很可惜我没在你身边,没法让你当面夸赞。我不是脱胎换骨,只是一直以来都把你当成是我生命中最重要的人,可是现在我才知道自己是多么的幼稚。别说是感情了,婚姻其实也是生活的一部分而不是全部,人生还有很多的事情要做,不是吗?我只是放下了,努力成为你喜欢的人。"

肖白明明是为了自己才有了这样的转变,这样成熟稳重的他也一直是自己梦寐以求的,可不知道为什么,当他真的变成自己想要的那个人的模样的时候,她却不开心了,有些想念过去的肖白。

"时间真的能改变一切,你变了,变得跟以前判若两人了。可能是我太作了,以前总觉得你太过意气用事,有些幼稚,总觉得你不够成熟。现在你变成我喜欢的样子了,我却有些想念以前的你了。"

"那是因为你长大了,以前你觉得赤子之心就是幼稚、感情用事、不成熟、没有担当,现在你经历的事情多了,看的人也多了,才发现初心是多么美好,只可惜有些人有些事没有了就是没有了,你我都回不去了。"对于董鹿的这种感叹,肖白再也不会像以前那样急得跳脚了,而是平静以对。

董鹿有些惊讶这些话会从肖白的口中说出来,但是想想现在的他已经是个公务员了,说出这些话也是正常的,便笑着说:"是呀,我们都长大了,你认识到了,我却还在不自知的阶段。看来你真的越来越厉害了,是我一直在原地踏步,以后要更加努力才对。"

肖白也笑了:"我依然觉得你该有个更好的环境,但是我也尊重你的选择，我相信你可以在酒店有自己的立足之地。好了，好好工作吧，这些事情不要多想了，一切随缘吧。我相信，以你的本事，很快就能够得到你想要的，现在一切都在往好的方向走，不是吗？早些休息吧，你的世界就要到来了，你要努力做好准备，迎接未来。"

十一

酒店在所有人都不被看好的情况下顺利开业了,原本大家都以为,就算开业也是雷声大雨点小,可是没想到开业的第一天会有这么多人入住,董鹿都有些不相信自己的眼睛了。当她满怀壮志地想在这里闯出一片天地的时候,却发现这里其实是一个华丽的空壳;但是当她已经不抱任何希望,决定不久后就要离开之时,却发现这里还是有不少人关注的。开业那天来了不少有头有脸的人物,他们也并没有因为曾经的事情就对酒店心存偏见,而是觉得这里真的是个值得投资的产业。

或许是自己太年轻了，董鹿真的看不明白现在的境况和趋势。肖白自从换了工作之后，对这些事情倒是有了不少自己的感悟，只是不知道该如何跟董鹿讲这些事情，所以也只是看破不说破。之前当他还没进入酒店的时候，他觉得那是人间天堂，他想方设法想要去，去了之后才发现那就是个潘多拉的盒子，一旦打开了就会有太多的恶魔出来，并且很难再把这个盒子盖上。他为了盖上盒子脱了几层皮，而且也发现自己真的不喜欢那样的生活，所以彻底跳出了那个圈子。可是他知道董鹿喜欢，非常喜欢，他又怎么忍心打破董鹿的梦境呢？他知道她会成功，所以想让她在自己的计划中成功，然后发现问题，再去解决问题。因此他再也不会像之前那样幼稚地让她放下一切而离开，而是让她自己选择，要留就鼓励，要走就为她铺好路。

董鹿呢，她现在看到的都是美好的东西，酒店不错的前程，自己光明的远景，还有得心应手的工作，所以下定决心要打持久战。就在董鹿才刚刚下定决心要在这里长久打拼的时候，就有不好的事情发生了。一天中午来了一位客人订房间，看见一个女同事轩轩长得水灵，就想在办手续的时候趁机套取小姑娘的电话号码，还想约她一起过圣诞节。而董鹿正好跟那位女同事一起值班，看见自己的同伴被人骚扰，就马上过去解围："先生，您的手续已经办好了，您现在可以先去房间把您的行李放好。"

"怎么？你们这里的规矩就是一办完入住手续，客人就必须回房间吗？难道我不能在这里转转，跟你们了解一下这里的情况吗？"

"不是，我只是提醒一下您，要是您现在觉得有些疲劳的话，可以回房间休息了。若您还想多了解一些酒店资讯的话，我们当然也会尽心尽力为您效劳的。"

"既然这样，那你就不要多说了，我想什么时候回房间是我的自由。是吧，美女？"那个客人色迷迷地看着轩轩。轩轩不知道该如何回应，只能傻傻地站在一边。此时，大堂经理正好看见了这一幕，以为董鹿是在没事找事，马上就过来跟客人道歉。那个客人看见管事的人来了，更加理直气壮了："您是这儿的经理吧？你们公司的前台是怎么回事？对客人一点礼貌都没有！我是顾客，你们不都说顾客是上帝吗？就她这态度，有把我当上帝吗？再说了，我也不是故意留在这里不走的，我是听说你们这里又有温泉，还有东南亚特色菜，还有什么垂钓区、赏花区各种休闲娱乐，我才好奇问问。既然来了就应该玩得尽兴，您说是吧？我不过就是想多了解一下，你们这小姑娘就给我脸色看是什么意思？要做大小姐就回去做，在这里给人看什么脸色？"那人知道来了个管事的，就想把事情闹大，越说越离谱，恨不能把董鹿的工作辞了，让公司直接给她炒鱿鱼。

"不好意思，她们都是新来的，要是给您带来什么不便，我代她们向您道歉。"主管也知道这客人有些难缠，但是当下也不好说什么，只能一个劲儿地道歉："真的非常抱歉，这些都是我们这里新来的员工，刚刚开始接受培训，很多的专业知识也不知道，还请您谅解，这件事情我们会妥善处理的。您也说是来这里玩的，还想玩得尽兴，那我就给您介绍下这里的特色，您就别为这种小事情生气了。"

"算了，来这里就是为了放松心情的，我才没那么多时间跟你们耗下去呢。至于什么特色，你们也不需要跟我介绍了，你们这儿前台就很有特色，不过我没什么兴趣，还是希望你们好好培训员工。什么工作态度！不想干就别干了，既然干了酒店，就别把自己当千金大小姐，甩脸色给谁看呢？"说完之后那客人就气呼呼地走了。

客人走后，两人跟大堂经理把事情复述了一遍，经理也知道从情理上讲确实是这个客人不对，可是从工作上来说，两人实在是特别的不专业，所以他没有帮她们，反而还斥责她们："顾客第一次来这里，人生地不熟的，不就是问你要个电话号码，想看看你有没有时间做他的导游。轩轩，你至于这么害怕吗？还有你，董鹿，好歹你也是做人事的，怎么连这么简单的待人礼仪都不懂？客人来这里是享受的，不是来看你们臭脸的，要耍大小姐脾气的话就回家去！"

"那客人明显就是不怀好意的，我记得员工手册上也有，工作人员不得将自己的私人联系方式给客人。第一，我们这是按规章制度办事。第二，如果连自己的基本安全都不能得到保障的话，那我觉得也就没有留在这里的理由了。"以前董鹿一直觉得大堂经理是个挺好相处的人，没想到他会说出这么不负责任的话，董鹿当下就火了。

"董鹿，你这话是什么意思？难不成你觉得只要有人跟你要电话号码就是对你别有所图吗？大堂经理见不得基层员工这样顶撞自己，说话更加尖酸刻薄。"

"他刚刚的态度您也看见了，他根本就是在没事找事，我们什么都没做。"

"是吗？什么都没做，你会跟他争得面红耳赤的？什么都没做，你们刚刚还在解释什么？好了，什么都不用说了，直接扣奖金！这件事我会直接跟人事部和财务部说的。"说完之后经理就走了，完全没有理会两人的辩解。

当他把这件事情告诉刘原的时候，刘原觉得很奇怪，尽管董鹿平时的脾气有点冲，但也不至于这么没分寸。事后他就问起董鹿这件事情，听完事情的经过后，刘原马上就带着董鹿来到房务部经理面前说："不好意思，本来答应把小董调给你一段时间的，可是近期我手头实在是事情太多了，所以我想这几天就把她给调回去。"

"要是这样的话，我们也不好意思耽误你们的工作，不过过几天就是圣诞节了，怕到时候人多，我们都忙不过来，要不就让小董过完圣诞节再调回去吧。"房务部经理也知道大堂经理和董鹿争吵的事情，上面也早就下来通知了，最快过年，最晚明年元宵节之后，董鹿就要回人事部的，而且是以人事部主管的身份回去，也就没打算强留。现在刘原又过来开口了，自然更不敢多说什么了，只希望他们能早点给他招到人，"小董呢，也是酒店的元老了，工作能力，人际关系，我们也都是看在眼里的，没话讲，不管是在之前的人事部工作，还是在我们这里的，都干得非常好。这忽然走了，我们这里就要乱了，两位，我们部门现在也是忙得脚不沾地，要是有应聘的，能不能先推荐到这边来？"

"那好，26号她就直接回人事部了，至于招人的事情，你放心，我们会尽力的。"说完，刘原就带着董鹿出来了，在门口跟她说，"没事，现在离圣诞节也没几天了，你再忍忍。现在没素质的人很多，但到了酒店就是客人，跟他们正面冲突对我们是没好处的。这五十块钱罚款就当是你今天的学费吧，记住，以后不要强出头，你还没到可以帮人强出头的时候。这次的事情就只能这样了，不过你放心，以后他不会再这样为难你了，他的领导会把这件事情跟他说清楚的。"

"好的，刘经理，我知道了。"董鹿也没多说什么，收拾了一下就回到自己的工作岗位上继续上班了。

董鹿找来刘原摆平这件事情，大堂经理在他们离开之后没有多久，也来到房务部经理的办公室，绘声绘色把这件事情跟经理说了一遍，然后气愤地说："这小丫头也太没有职业素养了，跟自己的领导顶嘴也就算了，居然还跟客人对着干，如果酒店都是这样的员工，那我们酒店还干不干得下去？这样的员工要不让她走人，要不就换岗位，我伺候不起。"

　　听完他的话，房务部经理冷笑着说："你以为这是你家开的酒店啊？你想让谁走就让谁走？这丫头你又不是不知道，现在是在我们这里帮忙的，她来的时候，你还不知道在哪家小酒店混着呢。她回去就是人事主管，她跟总经理、人事经理都是患难与共的交情，你没看这些原来的领导对她也都是客客气气的吗？董事长点名要升职加薪的人，你让她走人，你要是不想干了，就自己走人吧。我还告诉你，他们领导刚刚来问我要人了，过完圣诞节，26号她就回人事部了。你要是能跟她搞好关系呢，你还是大堂经理，要是在最后的几天还跟她对着干，你可能就会成为无业游民。还有，以后说话做事，别那么多水分，要不然死都不知道怎么死的。如果就是为了这件事来的，这就是结果，走吧，如果还有别的事情，那就说完再走。"

房务部经理为了这件事情彻底怒了，大堂经理也吓坏了，不敢再说什么，灰溜溜地跑了出去。出去之后的第一件事情就是跟董鹿道歉："小董，真的不好意思，刚刚是我态度不好，不应该那么说的，我反思了一下，你说的也对，确实是那个客人有问题，我们不能纵容那样的客人。"

董鹿一听这话就知道他一定是去找过房务部经理了，冷笑了一下说："不不不，论酒店管理，您才是专业的，我们初出茅庐，哪里有您知道得多。日后还是要您多多教导才是，我记得以前做您这个岗位的那个人，是五星级大酒店里出来的，还是个海归呢，那时我们外语培训有不懂的还要找他上小课。可惜我们这里庙小，容不下他，他后来去了希尔顿总部，临走前他告诉我们，酒店员工不是客人的保姆，而是客人的管家，是要保障客人有一个愉快的旅行，而不是明知道他在犯错误还要做帮凶。我不知道您怎么看？"

这番话把大堂经理羞得更加无地自容了，装傻说："原来之前的那个经理这么厉害的，真的是我们学习的榜样，我以后一定好好跟他学习。对了，今晚你们有空吗？我请你们吃饭，想吃什么都可以，我买单。"

"真的不好意思，我们也想去，但是刚刚吃了罚单，怎么也要把钱赚回来，您还是自己去吧。"董鹿向来是不喜欢这种两面三刀的人，可以说简直到了厌恶的程度，现在听到他这么说，怎么肯去，只觉得恶心。

没想到对方很是死死皮赖脸，不依不饶地接着往下说："什么罚单呀，我都没写呢，经理也没签字，哪里来的罚单，要罚也是罚我。"

董鹿的脸色变得越来越不好看了："我已经跟经理说过了，有一说一，错了就是错了，我认罚。"

董鹿的这句话堵得大堂经理再也说不出话来，只能识趣地离开，董鹿继续做着自己的工作。

下班之后董鹿又把这事告诉了肖白，肖白听了之后哈哈大笑："这就是社会呀，形形色色的人都有，其实这样的人身边有很多，只是你以前都没有在意而已，以前的你总是闷头干自己的工作，哪会管其他人。当然你也很幸运，一直遇到不错的领导，不会让你受大委屈，现在只是老天给了你一个机会，让你吃点小苦头，以便让你更加清晰地看清楚身边的人而已。"话是这么说的,可肖白的心里怎么都不是滋味,自己的女朋友被人欺负了,谁能装作若无其事。要是当初,肖白早就破口大骂,然后二话不说就去帮董鹿找工作,带她离开。现在的他渐渐理解了董鹿,路是自己选的,应该对自己负责,谁都想过自己想要的日子,别人没有办法替他选择的,所以这次肖白就这么依着,等到哪天董鹿真的受不了的时候再做下一步打算。

以前一说起这些事情他俩就会争得面红耳赤,这次倒是十分平静安宁,听到肖白这么理解自己,还会为自己分析问题,跟自己讲道理,董鹿瞬间欣慰了不少,心情也渐渐好了起来:"是呀,你说什么都是对的,真的是我把所有的事情都想得太简单了,其实这些人一直都在,只是我从来都不曾注意过而已,不过以后我会多加小心的。"

说完工作,两人就说起了家里的一些事情,眼看着自己的工作慢慢稳定了,想要得到的东西也快要得到手了,董鹿忽然间有一种归心似箭的心情,她恨不能明天就请假回家一趟,不过也就是想想,毕竟还有很多的事情没有完成。不知道为什么,此刻的董鹿有点盼望肖白跟她说结婚的事情,但是自从肖白有了新工作之后就很少提及结婚，这让董鹿有些沮丧。所以她打算圣诞节过后，等到自己正式升为人事部主管之后就回家一趟，好好商量结婚的事情。

很快就到了圣诞节，那天没来几个客人，但是找碴儿的人却不少，不是来投诉卫生的，就是来投诉服务态度的。之前那个难搞的客人在大堂经理的陪同下又来找她们了。"两位真的不好意思，因为我对这里很不熟悉，所以想请你们做我的导游，晚上陪我好好转转。"董鹿本来想拒绝的，但是大堂经理却开腔了："去吧，今天就当是加班了。"

"不好意思，您要是真的找导游的话也只能请一位去，这位佳人有约了。"董鹿一回头便看见肖白站在面前。"鹿鹿，我今天要在这里住一晚，帮我办理一下入住手续，一会儿我还有事找你，我们一起吃饭。"

"好的，稍等一下。"董鹿马上就帮肖白办理了手续，等到下班的时候肖白果然已经在大堂等她了。没见面的时候肖白还是比较理智的，知道这是董鹿的一场人生历练，也知道这是她自己的选择，应该尊重的，可是亲眼看到作为人事部文员的女友却在这里做前台，还要应付难缠的客人,他的理智就瞬间消失了,刚开始吃饭他就忍不住将自己的想法说了出来:"鹿鹿,你生活在这样的环境里我实在是看不下去,还是跟我回去吧,我会帮你找份好工作的。"

"上次不是说过了吗?今天是最后一天了,以后我就不会遇到这样的人了。回到人事部后我就是主管了,我现在是不会放弃的。"面对未来充满梦想的董鹿,这时候怎么会轻易放弃自己花了这么多努力得来的机会。

"可是刚刚那个男人你也看见了。酒店很乱的,我实在不忍心你留在这里工作。想深造的话,也不是只有在这里才能实现,这边的人能力有限,到时候你还不是一样什么都学不到?还是算了,回去吧。"

"你现在说什么我都不会听你的,我努力了这么久为的就是现在,我不可能让自己的努力前功尽弃。"

"你为什么要那么固执呢?你为什么就不能为我们的将来想想?为什么就不能为了我改变一点点呢?"

"我知道你是在担心我,但是我早就说过了,对于未来我早已计划好了,我不想自己是个半途而废的人。"

"不知道该怎么说你,总觉得我在你心里远没有你的梦想重要。一路走来似乎一直都是我在不停地靠近你，而你却一直原地不动。"

"不是这样的。要是在得到这个消息以前我一定会听你的话，但是我现在放弃，一定会错过很多重要机会。"

"说来说去还是工作最重要，为什么你就不想想别的？一个女人最重要的是家庭，可是为什么你从来都没有认真考虑过我们的未来呢？你知道吗？我这次来就是想来跟你说说我们的婚事的，我总觉得在电话里或者QQ上说这件事情太唐突了，也不知道你什么时候才能够回家，这才特地赶过来跟你商量的。可是为什么你的世界却只有你的梦想、你的工作，完全没有我们的未来、我们的感情呢？"听到董鹿的话，肖白有些黯然神伤，结果是自己预料到的，但是真的发生了他还是有些心伤。

"好了，我知道错了，以后一定会改正的。今天是圣诞节，你看你千里迢迢来陪我，不会就是为了跟我闹矛盾的吧？"

"你看你，在工作中不管遇到怎样的麻烦都会勇往直前，可是在别的方面一遇到问题就会逃避。能不能不要这样？"

"好的，遵命！但是现在我真的很饿，你要是还不让我赶快吃饭的话，一会儿我饿晕了，你不要说我又再逃避问题。"

"你呀，一说正经事就开玩笑，永远只在工作的时候最认真。"

"知道了，我以后一定什么事都认认真真的，不然我就要被你烦死了。"

"我最后说一次。你的任性我只能容忍到这个程度，下次要是再遇到这种事你还不走的话，我们之间就结束了！"

"干吗突然说这么严重的话？我不是都已经答应你了？以后一定会好好听你的话，今天这样的事情不会再发生了。"

"未来的事情我们都很难说。你知道吗？每次听你诉苦的时候，我觉得就像有一个毒瘤在身体里发作，隐隐作痛。"

"嗯，你的意思我明白，放心吧，现在我已经学到我想学的东西了，也看清楚了这里的人和事，我不会像之前那样执着了。要是真的还有什么我不能忍受的事情，不用你说，我也会头也不回地离开。"

"希望你能记住今天说的话。不好听的话都说完了，我们就说说开心的事情。就像你说的，今天是圣诞节，我是专程来陪你过节的，我带了好多你爱吃的东西，还有你意想不到的礼物,都在我房间里。我们过去看看?"

为了缓解尴尬,董鹿当即答应了肖白的要求,两人吃完饭之后就来到了肖白的房间。房间里放着董鹿最喜欢的香槟玫瑰,肖白缓缓走向她,轻轻拿起花束,在董鹿面前单膝跪地:"鹿鹿,人生很短暂,我们已经浪费了一年的时间,现在应该更加珍惜彼此,嫁给我,做我的新娘吧,我再也不想看到你受苦了。收下这枚戒指,你就是我的新娘了,收下吧。"

这时候董鹿才看到在花束的中间,绽放得最美的那朵玫瑰花上闪烁着一枚钻戒,她有些惊讶,停顿了几秒之后说:"这就是你给我的意想不到的礼物吗?你这就算求婚了呀?之前不是说了,我们要让所有认识和不认识的人都来见证我们的幸福?现在这算什么。等你把所有的人都聚集起来的时候再向我求婚吧。"

没想到董鹿会拒绝自己的求婚,肖白有些下不了台,脸瞬间就僵硬了,一分钟后才站起来,也没说什么,默默将钻戒收了起来,把花递给了董鹿:"也许是我太冲动了,没有考虑过你的感受,你现在在拼事业,怎么会有时间考虑结婚的事情。对不起,给你压力了。就当今晚的一切都没有发生过吧，我明天一早就走，你在这里好好上班，不要委屈自己。"

看着如此失落的肖白，董鹿有种想改口的冲动，可是那句"我愿意"就是怎么都说不出口，纠结了一会儿之后她笑着说道："你呀就是太心急了，都忘了我们之前的约定了，这样，我答应你，只要你把所有的人都召集齐了，我立马点头答应，一言为定。"说着像小孩一样拉钩盖章。肖白也就不好再多说什么，把带来的零食都交给董鹿后，默默收拾好东西，第二天一早就走了。

董鹿过完圣诞节之后，第二天如愿从前台被调回人事部，而且回去的时候已经是人事主管的职位，升职加薪，这是自己梦寐以求的事情，回去后的她干劲儿十足。但是因为现在人事部只有她和刘原两个人，所以压力相较于之前是有过之而无不及，再加上现在董鹿已经是人事部主管了。官儿大了，事情也就更多了。之前还有很多同事可以帮着分担工作，现在后勤、薪资、考勤，以及跟学校之间的联系、实习生的合约问题等一系列事情都落在了董鹿身上，也着实是够累人的。

尽管领导在辞退员工的时候留下了一部分人，可是现在酒店开业了，所需要的人是远远不够的，所以现在人员问题就成了董鹿面前的一块大石头。因为酒店还没有正式走上轨道，所以刘原基本上都在忙新的组织架构图，还有一些招聘网联系、详谈合作事宜，等等，所以其他工作他根本无暇顾及，眼前的人员问题就全权交给了董鹿。

之前董鹿就觉得招聘真的是一件很难的事，毕竟是一种双向选择。酒店当然希望可以招到专业人员，可是专业人员对于酒店是否有兴趣，就是另外一回事情了。有的人高不成低不就，酒店招人实在有些举步维艰。

好在她除了有一个可以手把手教她的上司之外，还有一个超人男朋友。肖白现在虽然是公务员，跟酒店已经没有什么关系了，但是政府机关认识的人也很多，形形色色的朋友也不少，就凭着之前他跟酒店的缘分，交际圈里仍有不少做酒店人事的朋友。肖白一听说女朋友现在遇上了人事方面的问题，二话不说就找认识的朋友帮忙出谋划策。

董鹿想借着肖白的人际关系，看看别的酒店有没有没录用的员工，可以请他们来面试看看，于是就把这个想法告诉了肖白，希望肖白让他的朋友们为九鹿森林温泉度假酒店宣传一下，然而肖白却觉得她的想法荒谬之极。

董鹿也知道其中的利害关系，可是有什么办法呢，现在酒店刚刚开始试营业，根本就没有人愿意去做开荒牛。

肖白并没有答应董鹿这个荒唐的要求，而是给她指了另一条路。肖白的父亲认识一个猎头公司的负责人，听说去他那里报名的人不在少数，建议董鹿可以去那边打听一下消息，可能会有意外的收获。

知道还有这样一种招聘途径后，董鹿也就没有再缠着肖白，而是努力跟那边取得联系，希望可以招到合适的人选。

开始的时候确实还是有点阻力的，毕竟猎头公司是要赚钱的，哪能免费推荐应聘者，但是经过董鹿申请之后，董事会决定跟猎头公司合作，只要他们能够提供合适的人选，就可以给他们一笔推荐费。看见有了金钱利益之后，老板马上就对她殷勤起来了。

由于猎头公司老板的三寸不烂之舌，越来越多的应聘者开始相信这家酒店是一个很好的选择，不少人慕名而来。还真有不少应聘者条件都很不错，双方谈得也挺好，便签订了合同。

新官上任，董鹿用了不到两个月的时间就给公司交上了一份满意的答卷，员工人数立即增加，现在基本没有职位空缺了。除此之外，在日常小事处理方面，董鹿也有着显著进步。

在各部门沟通方面，人事部也不再是众矢之的了，人事部的新人个个都彬彬有礼，不再像以前那样针锋相对。

因为董鹿，刘原也省心了很多。之前总有人到人事部指责吴用做事有问题，刘原只能一边赔笑脸一边道歉，然后再把吴用叫进办公室，进行指导和培训。

董鹿因表现出色，被董事会破格提升为人事部副经理，协助刘原工作。

在短时间内连升两级，董鹿兴奋不已，马上打电话给肖白报喜："哈哈，我说过吧，我会比你强的。现在我升职加薪了，你呢？要加油了。"

"你别忘了，你现在的军功章上也有我很大功劳的。要是没有我的支持，你怎么可能如此得心应手？你是不是应该好好谢谢我？"

"你看，就知道你是这样小肚鸡肠的人，我当然知道你的功劳很大，前段时间我实在是太愧对你了，本来是想好好请你吃一顿的，不过女孩子还是要矜持一点。"

"大姐，现在都什么时代了，早就已经是男女平等了。现在我的工资还不如你高呢，当然是我要做小白脸，等你养活了。"

"亏你说得出口，你现在的工资当然没有我高，可是你们的福利待遇比我们好太多了。我们是民，你是官，瘦死的骆驼比马大，你一当官的，怎么好意思让我们小老百姓出钱请客呢？"

"美女，请客不得花钱呀，你又不是不知道本官是清官，两袖清风，没有什么俸禄的。而且我这才上任没几天，就算有升官发财的机会也轮不到我。不像你，才工作一年多就连升两级，成了小富婆，那我不得求请客吗？"

"知道你胸无大志，但是没想到你会这么胸无大志。堂堂七尺男儿，居然等着女人养你。"听着肖白的玩笑话，董鹿也开始埋汰他。

"那有什么办法呢？这个男儿的老婆就是个工作狂，一心就想升官发财，家里的事情都不管了。那么男人就只能在家里做家务，至于赚钱的事情就交给老婆了。"

"你就贫吧！再这样子的话，我就挂电话了，什么都不跟你说了。"

"好了，说正经的吧。你现在已经很厉害了，是不是也应该跟你父母好好分享一下这种喜悦？你已经好几个月没有回家了，伯父伯母都快想死你了。"

"所以我决定这星期就回家，想和你、你父母，还有我爸妈一起吃顿团圆饭。然后我还想单独请你吃一顿，一方面是为了道歉，前这段日子真的是苦了你了，另一方面是要谢谢你这段时间对我的体贴照顾，对我父母无微不至的照顾。最后也是最重要的就是对你又要说声抱歉了，现在我升职了，事情也更加多了，不仅要带新人，还要跟着刘经理学习，可能偶尔还是会忽略了你。"

"算了，从认识你的第一天起就没指望你能像其他女孩子那样小鸟依人。只要你记得还有我这个男朋友就行，至于其他的，我都已经适应了，没关系的。而且你现在的职位已经比我高了，要是我再不努力真就成小白脸了。堂堂大男人怎么能真吃女人的软饭呢？"

"好的，我会一直支持你的，相信你绝对不会是个小男人的。我相信你，凭你的实力用不了多久，你就能升官发财，我就等着做官太太了。"

"当然了，我可曾是高考状元，像这种升级试对我来说小菜一碟，这段时间我只是先摸摸底，看着吧，用不了多久，我就能升了。对了，你刚刚说要回来，你什么时候回来？要不要我去接你？"

"不用了，现在工作忙得要死，就算回去估计也很晚了。你也工作一星期了，一定也很累，所以还是养好精神准备好陪我疯狂吧！"

"好的，遵命！现在工作量加倍了，一定要注意自己的身体，好好休息。要是真的有什么解决不了的事情，千万不要瞒着我，一定要告诉我。就算我不能帮你分忧解难，也能听你发泄怨气。"

"知道了，你还真是够婆婆妈妈的。"

"怎么说话呢？我先不跟你计较，等你回来看我怎么收拾你！到时候可不要哭着说我欺负你。"

……

两人就这样你一言我一语一直说到董鹿真的说不动话

了才挂电话。第二天董鹿又精神饱满地投入到工作中了，因为新人还不够熟练，对于他们做完的事情，董鹿也会再检查一遍，确保万无一失。刘原也尽心尽力把自己的经验教给董鹿，希望她可以早日独当一面。

董鹿现在开始草拟员工劳动合同，之前这项工作一直都是刘原亲自负责的，但是现在既然董鹿已经是副经理了，签合同的工作是一定要会的。所以刘原先把合同的条款告诉了她，然后让她直接和律师联系，看看什么样的内容才更严谨。

因为之前公司有过法律纠纷，所以刘原也教她怎样处理此类事务，如何与律师和劳动仲裁机构交流，哪些条款是一定要加入合同里面的，等等。

除此以外，董鹿也开始保管人事专用章，刘原告诉她不是所有的文件都盖人事专用章的，所以使用的时候要小心。行政发文方面刘原也全权交给董鹿负责了。

十二

尽管酒店的生意没有因开业前的大阵势而风生水起,但是董鹿的小日子却是过得风风火火,一方面升职了,另一方面感情也变得更加稳定了。之前董鹿总是觉得肖白就像个小孩子,什么事情都是等着别人帮他安排,但是经过招聘这件事后,更加相信肖白是个可以依靠的男人,他的臂膀比想象的要结实很多。

就在董鹿觉得事情几乎都尘埃落定的时候,一件意想不到的事情发生了。那天,营销部的一个经理走过来说:"董鹿，你在这里简直太好了。我们部门的王经理今天有事请假了，但是原本计划接待老总的一个好朋友，现在就你对这里比较熟悉，你去帮我们招呼一下？"

"可我不是客服，这项工作我都没有接触过，要不你看看你们部门还有谁在职时间比较久一点？"

"现在一时半会儿也找不到人啊，我们部门有的同事去市里办事了，有的被调到财务部了，现在也只能请你帮帮忙了。再说了，之前你不是也给餐饮部、房务部帮过忙吗？我记得开业那天你还当过导游呢，那天的表现到现在还被人津津乐道呢，这次可比那次简单多了，也不需要当导游，只要帮忙做个最简单的接待就好了，我已经跟你们刘经理打过招呼了，就帮帮我们呗。"

对方都说得这么有诚意了，她也就没有什么拒绝的理由了，想了一会儿说："好吧，但时间不能太久，我手头还有一堆工作要处理呢！"

"放心吧，不会耽误你太久的。"

之后董鹿就跟刘原打了个招呼，然后便换衣服去接待了。本来希望可以早点回来，但是去了才知道要接待的人其实并不是一个人,而是一群人,这就意味着董鹿得加班招待他们了。来也来了,只能是好人做到底了,更何况营销部的同事一直在向她使眼色。

一个小时后又来了五六个人,其中几个油头粉面,说话粗鲁。董鹿琢磨着陪他们简单用过晚饭之后就撤,可是对方却不肯让步,说这里还有个酒吧,很想去见识一下,还各自打电话又叫来几位朋友,看这架势,董鹿是脱不开身了,便先给刘原打了个电话,把现在的处境说了一下,刘原马上说赶快想办法脱身,要是一小时后还没有脱身的话,他会来帮她解围的。有了刘原这句话,董鹿心里就踏实多了。

之后,他们就到了酒吧,没过一会儿,其中的几位开始有了几分醉意,不知道是有意还是无意,便把董鹿和另一个作陪的小姑娘当成了酒吧小姐,开始对她们动手动脚。两人碍于他们是老板的朋友,又不好直接撕破脸皮,就只能躲避,没想到这些人却变本加厉,大爆粗口:"装什么装,还真以为自己是什么贞洁烈女啊!"

董鹿实在忍不住了,转身向身边那位男人泼了一脸酒:"不要以为你有几个臭钱就了不起!不要在这里撒泼打诨!"

那些人看到朋友被女孩这样侮辱，便怒不可遏地冲上去拽着董鹿的衣领，准备动手，此时只见刘原手拿一个酒瓶砸到了酒鬼头上，还没等大家反应过来，几个五大三粗的保安也冲了过来。刘原先脱下自己的衣服给董鹿披上，然后跟那几个保安员说："这几位先生都喝醉了，请你们把他们都带到房间里去吧。"说完之后就把董鹿抱出了酒店，一路往宿舍楼去了。

一路上董鹿没有说一句话，整个人一直都是傻呆呆的，刘原看见她这样子实在是心疼，只能无奈地说："这样的环境真的不适合你，你还是早点辞职算了。"

"凭什么让他们这样胡作非为？！"想到刚刚自己的处境，董鹿就越想越委屈，禁不住潸然泪下。

"他们是客人，又是董事长的朋友，酒店里不管是谁都会给他们几分面子的。再说今天的事情，他们完全可以狡辩说是自己喝醉了，不知道到底发生了什么。你呢，以后就要被人非议了，你真的受得了吗？"

"怕什么？我没有做任何丢脸的事情，有什么好怕的？嘴巴长在他们身上，他们爱怎么说就怎么说吧。"

"他们的眼光你不怕,难道你男朋友的眼光你也不怕吗?"

"这件事情我是绝对不会让他知道的,所以更加不能这个时候走。我刚刚升职,而且我也说过要在这里实现更大的梦想。如果我现在无缘无故离开了,他一定会很好奇的,万一他听说什么,还真的以为我被他们怎么样了。到时候他一冲动,指不定做出什么出格的事呢。"

刘原一直以为董鹿是个刚出校门的女孩子,身上免不了几分胆怯,可现在看到她遇到挫折时的深思熟虑,便对眼前的女孩子更加着迷了。"那这件事情就当作是我们之间的秘密,谁都不要说出去。我会一直在你身边的,有什么不开心的事情一定要说出来,千万不要憋在心里。"

听到刘原如此温和地宽慰自己,董鹿突然觉得生活好艰难,心好累,便不自觉地躺进了刘原的怀抱,感觉特别温暖,这是之前从未有过的情愫。此时她真的希望眼前的人就是肖白,这样温暖的怀抱真的让她有些舍不得离开。可是她又庆幸眼前的人不是肖白,她太了解肖白了,在他的心里她比什么都重要,要是知道她出了这样的事,一定会跟人家拼命的,到时候后果就不堪设想了。

这一夜刘原一直都陪在董鹿身边,直到董鹿睡着之后,才放心地离开。第二天这件事情便在酒店里传得沸沸扬扬的,有人说刘原为了董鹿可以连名誉都不要了,两人一定在很早之前就开始暧昧了,也有人说董鹿从来都不是什么好女人,就知道玩弄身边的男人,要不是因为她在外面私生活不检点的话,也就不会遇到那样的事情了。说什么的人都有,就是没有人愿意出来说句公道话,将事实说出来。营销部的经理当初找董鹿帮忙的时候尽说好听的话,现在出了谣言却消失得无影无踪了。大家甚至怀疑起她的工作能力了,认为她之所以在短时间内升职很快,一定是靠了不正当的手段。

董鹿在出事当晚就预料到会发生这样的事,一切早就准备好了,也就无所谓了,对于这种无稽之谈的流言蜚语,她一直相信时间就是冲淡这些的良药。现在是在风口浪尖上,自然所有的人都会关注这件事情,但是时间一长,再发生了别的事情,这件事情就会慢慢被大家淡忘的。

可是当刘原听到这些闲言碎语之后,似乎有不一样的看法。他觉得一定不能就这样让别人误会了董鹿，他试图向大家解释，可是却越描越黑。

对于刘原努力帮自己化解谣言，董鹿心里十分感激，可是在绯闻面前，再怎么努力解释都是无力的辩驳。在学校的时候，她就知道这一点，所以她劝说刘原不要再做这样的无用功了。"嘴巴长在别人身上，人家想说什么不是我们能够决定的，随他们说吧，只要自己知道自己是个什么样的人就可以了，何必在意那些不重要的人呢？"

"你不是说过这件事情千万不能让你的男朋友知道吗？现在你任由他们这样诋毁，要是被你男朋友知道了，你打算怎么解释？"

"我相信我们之间不需要多做解释，若他真的为了这件事怀疑我的人品，那只能说这样的男人也不值得我托付终身。"

"你想得真是通透。可是为什么就是不能多在意一下近在眼前的人呢？"

"因为就在眼前，所以已经习惯了漠视，说不定真的等到哪一天眼前的人不在身边了，才会觉得很可惜吧。"

"既然觉得可惜，就不要让人生留有遗憾啊，人生有很多意外，要是等到意外发生之后再后悔就来不及了。"

"知足常乐，人不能太贪心了，太贪心的话往往会得不偿失。知道吗？要是一个人总想拥有身边所有美好的东西，那么到最后她会一无所有的，因为上帝不会喜欢贪得无厌的人。现在是酒店最困难的时候，也是我们人事部最忙的时候，还有一堆工作等着我们去处理呢。我们是不是应该配合一下酒店，先忙好手头的事情？"

"知道了，小丫头。其实我是想告诉你，你的社会经验还不够多，还需要很多磨炼。要是你不能从这件事中吸取教训，以后还会吃大亏的。我不可能天天在你身边保护你，凡事还是要靠自己。"

"我不会再吃亏的，放心吧。"说完董鹿就去忙工作了，关于那天晚上发生的事情再也没有提过一个字，对刘原却比以前更亲近了。虽然董鹿知道这样的做法是不对的，但就是偶尔忍不住想在他的呵护下暂做休息。

十三

酒店开业后的生意没有之前意料的好，平时都是老板的朋友来捧场而已，真实订单屈指可数，越来越多的人开始受不了了。因为目前营业额上不去，大家的工资基本都是底薪，没有多少提成、奖金之类，加上酒店位置又偏远，让很多员工都动了辞职的念头。最近又听说了一些外面的风言风语，说这个老板近期投资了很多项目，大多数都赔钱了。

公司内部又刮起来一阵辞职风，看着现在这么多员工因为酒店营业不好要纷纷离开，董鹿也开始不安了。毕竟这样的事情已经不是第一次了,每次都弄得人心惶惶的,就算是实力扎实的酒店,也难维持其生命力。

当她把这件事情告诉肖白的时候,肖白简直就是拍手称快,希望她马上离开酒店。

董鹿还是对酒店有些恋恋不舍。"可是毕竟我也在这里打拼了这么久了,要是现在就这样放弃的话,还真是有点不太舍得的。"

"可是你又不能在这里待一辈子,毕竟这里的环境和氛围跟市区相比还是有很大差别的,要是你渐渐习惯了这里的生活,那以后怎么适应我们的生活?"

"这是两回事,我又没说我想在这里待一辈子,我只是说现在还有点不想离开。"

"我朋友公司的人事部正好也在招人,要不你过来看看?虽然职位没有你现在高,但是工资待遇绝对比你现在好很多,而且也能学到不少东西,我觉得现在的你有更好的潜力可以发挥,完全不需要再吃那些苦了。你的父母还在家痴痴盼望着你呢。在这里有了熟人的照顾,你父母也会更加放心的。"

起初她还在怀疑自己到底是怎么了，为什么会那么不想离开酒店，但是跟肖白通完电话之后她明白了，她不想离开的理由只有一个，就是因为他。自从来到人事部之后，董鹿就一直生活在刘原的保护圈中，与公与私，刘原对自己都是无微不至的照顾。尤其是在他对她表白之后，他不仅没有因为被拒绝而怀恨在心，反而对她更加体贴入微，这一点已经足以让她感动了。此外，不管在什么时候，只要董鹿一有危险，刘原都是第一个来到她身边保护她的人。这点连肖白都做不到，但是刘原却做得很好。面对点点滴滴的感动，董鹿不能再无视刘原对她的感情了。

　　可是只要一想到自己背着肖白这样朝三暮四，又觉得很对不起肖白。她从心里已经认定了肖白就是那个陪自己一路走下去的人。现在为了别人的一点点小细节就感动成这样，那以后是不是会为了一点点蝇头小利就出卖了自己的灵魂？董鹿越想就越觉得自己应该回到男朋友身边，回到自己原本的生活轨迹中，不能让自己再这样一错再错了。

　　可是当她真的想把这件事情告诉刘原的时候，话到嘴边还是咽了回去。她就是不知道该怎样把这件事情告诉他，总觉得不管怎么讲都会伤人。

刘原发现她这两天似乎有心事，以为是之前的事情在困扰她。董鹿就像是一张白纸，他真不希望董鹿被染黑了，所以就主动提出希望董鹿可以换个工作环境。

董鹿听后不知不觉地哭了："难道连你也觉得我不能在这里留下来，之前你就跟我说希望我离开，现在公司走上正轨了，你还是希望我离开，为什么呀？是我的工作能力有问题，还是我从来就是个不讨人喜欢的人？你就那么看我不顺眼吗？为什么每个人总是想撵我走呢？"

刘原没想到董鹿会是这样的反应，原以为她会欣然接受，以为她只是找不到一个离开的借口。可令他始料未及的是，董鹿居然这么排斥这件事情，甚至急哭了，这下子刘原也急了，说话也开始有些语无伦次了："不是，你明知道我不会讨厌你的，不管你做什么我都不会。只是心疼你，不想让不好的事情总是发生在你身上，而我却不能以一个护花使者的身份帮你出头，你知道我的感受吗？我喜欢你，却只能埋在心里，还要提心吊胆的，就怕因为我的爱会给你带来伤害，我不知道怎样才能给你更好的生活，因为我知道我没资格。所以我只能放你走,让你回到你男朋友的怀抱中,你明白吗?"

"那也不能就这样把我赶走!我又没有做错事情!再说离不离开是我自己的选择,你们凭什么帮我做主?"

"你会一辈子留在我身边吗?你迟早都会离开的,长痛不如短痛。"

"你知不知道你说这样的话有多伤人?为什么要这样对我?"

"那你就留在我身边一辈子,让我照顾你一辈子,你愿意吗?你能离开你现在的男朋友吗?"

"我……"

"怎么样?说不出话来了吧?我知道其实你也是徘徊不定的,我就是害怕你这样的徘徊,如果你一开始就下定决心,拿定主意只跟肖白在一起的话,我也就不说什么了。可是你的态度总是反反复复的,你说你们会结婚,可是你的举动却表明你在犹豫,我知道你的心在动摇。你越是这样,我越是觉得我可能还有机会,可是我又怕一切都是我的幻想,我不知道该怎么面对你,也知道你自己没有弄清楚这些事情。今天说这些话，是我太唐突了，我没别的意思，只是希望你的每一步路都是你想清楚之后才走的，不要做让自己后悔的事。我只想提醒你一句，在你没有看清楚自己的内心之前，不要随随便便做决定。"

从来都自以为过得很潇洒的董鹿，现在终于知道自己不过就是个优柔寡断的普通人。自己其实很讨厌这里的环境，从来到这里的第一天到现在，董鹿从来都没有真正地适应过这里。之前留下来是为了积累工作经验，但是现在留下来是因为感情的纠结。就像刘原说的，她其实一直在犹豫，二选一，到底该如何选择。理智一直告诉她，肖白才是最合适的人，但是面对刘原的温柔体贴、成熟稳重，董鹿也是真的难以自拔，告诉自己不能弥足深陷，可是越是克制就越是情不自禁会拿两个人比较，最后把自己逼到了抉择两难的地步，也就一步步成了同事口中有心计的女人。这也是董鹿不敢辩解的理由之一，因为在内心深处，她真的也是心虚的。

就在董鹿犹豫不决的时候，肖白告诉了她一个突如其来的消息。之前他已经跟他的朋友说好了，让他跟人事部的同事打过招呼，介绍了一下董鹿的基本情况，他们表示很满意，希望她可以尽早去面试一下。肖白还透露，只要董鹿去面试，就一定能进人事部。

当董鹿还在犹豫自己要不要离开酒店的时候，肖白就凭着他的人际关系帮她安排好了一切，然而董鹿却不是很开心，开始抱怨肖白的自作主张："我什么时候说过我现在要离开了？你凭什么帮我做决定？之前不是都说好了吗，你会等我自己想离开的时候再帮我安排，你现在这样做是什么意思？"

"我一直都告诉过你，我就是不想你太辛苦，你应该有更好的工作环境。以前，你总说不想让自己的辛苦白费，可现在你已经是人事部副经理了，你的付出有了回报，在这里你的目标实现了。我觉得现在该是你追求更远大目标的时候了，离开对你来说是最好的选择。为什么你总是指责我的不是？"

"我不是在指责你，而是在告诉你，我的生活我自己都已经安排好了。我记得那时候你父母帮我们安排好工作的时候，我就跟你说过，我不喜欢做父母的人偶，我需要的是我的未来自己做主，你为什么就是不懂我呢？"

"是吗？你真的已经安排好了吗？还是现在你的生活已经开始发生改变了？"

"你这话什么意思？"

"我想应该是问你现在到底是什么意思吧？看看你最近的状态，总是一副心不在焉的样子，也不想跟我说你最近的情况。这其中到底是什么原因，你难道还要让我说出来吗？我爱你，希望能和你白头到老，但是既然现在你身边又多了一条路，我希望你认真掂量之后再做选择。如果我是你最后的选择，那么这周内你就递交辞职报告，之后你要是不想到我朋友酒店工作，我也不会逼你的。你也可以先在家休息一段时间，等我们把婚事办好了之后再重新工作。反正你要是真的在乎我们这段感情的话就回来，要是真的觉得感情远没有你的工作重要，或者说在你的心里我没有他重要的话，那就坚持过你现在的生活，我以后再也不会打扰你了。"

"好，我会认真考虑给你答复的。"之后就挂电话了。这样的结局并不是董鹿想要的，一开始她幻想着过段时间就可以像之前计划的那样，洋洋得意地离开酒店。可是现在发生的事情都在董鹿的意料之外，她对刘原产生了另外的一种情愫，完全没在自己的意料之中。其实董鹿也不确定自己现在到底是不是真的爱上了刘原。

但董鹿跟肖白毕竟已经认识那么久了，已经习惯了彼此的生活方式，不知道一旦失去对方之后会怎样。董鹿也不知道自己现在到底想要的是什么，只知道现在的她很需要一个能够时时刻刻关心自己，在自己遇到困难的时候能够及时挺身而出的人。她曾以为这个人就是肖白，但是等到两人分隔两地之后才发现，身边的骑士似乎已经换了面孔。可内心就是放不下肖白，肖白就像是水，有的时候几乎忘记了他的存在，但是有一天真的没有了，一定会特别难受。

想想之前董鹿在酒店忙得热火朝天的时候，肖白不仅没有一句抱怨，还主动帮她照顾她的父母。在她为了工作四处奔波的时候，肖白也一直在默默关心着，而不是像之前一样耍小孩子脾气。这次换工作的事情，其实肖白也是为了她的前途着想，希望她能够有个更好更稳定的生活环境，但是自己却毫不给他留情面，最后还逼着他说出了分手的话。

想到这些，董鹿的眼泪就莫名其妙流了下来，连个说话的人都没有，只能在房间里偷偷地哭。她既想维持自己的感情,又舍不得就这样离开酒店,被现在的压力压得喘不过气来。她想起来好朋友林玲,便拨通了电话。

"我跟他之间的感情出了点问题,他不希望我在这里受苦,便帮我找好了工作。但是我不想离开酒店,于是我们吵架了,可能会分手。"

"侬脑子瓦特了(上海话,你脑子坏掉了)?这么好的男朋友都不要,那你要什么样的啊?"

"不是的,因为我现在刚刚升职,在新岗位上还没有适应,要是去他朋友的酒店上班,我怕自己会做不好,到时候大家脸上都不好看。"

"有什么做不好的,什么事情都会有第一次,你要总是这样怕前怕后的,干脆就在自己家里待一辈子好了。"

"其实我是不想太依靠他,现在什么事都是他帮我弄好的,我不希望将来有一个不平等的婚姻。"

"算了吧,再要强的女人也一定程度上要依靠男人的。肖白也不是那样的男人,要是将来真的会看不起你,那么之前就不会对你这么百依百顺的。我看一定是你心里有别人了吧,所以看他就什么都不顺眼,而且我也不相信他真的会为了这点小事情跟你说分手。"

"不是的,就是他误会我喜欢上了我们经理,他非说我现在不离开酒店是因为我们经理。"

"那你到底是怎么想的?要是你对你们经理真的没有一点感情的话,就应该跟肖白解释清楚。你不要告诉我你真的有点动心了。"

"我也不知道是不是,怎么说呢,我最近遇到了很多的事情,这些事情我都不敢跟他说,就是怕他会担心我,要求我马上离开。每当我遇到困难时,我们经理都会出现在我身边,我也似乎慢慢习惯了他的保护。可是我真的不想跟肖白分手。"

"你也太过分了吧?你们经理,你了解他多少?至少我敢跟你说,肖白绝对不会背着你胡来的。你现在要是真的对你那位经理动心的话,那你还是早点跟肖白说清楚吧,免得这件事情拖下去会更伤人。"

"可是,我真的不想离开他……"

"那又怎样?你跟那个经理才认识多长时间,你就已经为了他不想回到肖白身边了。用不了多久,我看你连肖白是谁都不会记得了吧？还是早点说清楚的好。你现在会放不下肖白，不是因为你有多爱他，而是因为早就已经习惯了有他的生活。"

"我是不是个坏女人？"

"感情的事情谁都说不清楚，反正只要你开心就好，该给的意见我都给了。你要是觉得你可以为了肖白放弃现在的生活，就听他的，马上回去。要是不能的话，就分手吧，长痛不如短痛。"

"好，谢谢你，我会好好考虑的。"

挂电话后，董鹿想了很久，回想到以前发生的每件事情，一夜没睡。

第二天上班的时候，董鹿整个人都不在状态，这一点早就被细心的刘原看出来了，他没有问她出了什么事情，只是在一旁默默关注着，到了晚饭的时候就请董鹿一起到外面去吃饭。董鹿因心情不好，也想去吹吹风，于是答应了。

席间刘原想尽方法地逗董鹿开心，还解决了很多职业困惑，讲了很多笑话，只是在最后跟董鹿说了这么一段话："人啊，其实不是每件事情都能称心如意的。有的时候失去的要比得到的多,但是也不要不开心,因为如果再失去开心的话,就会失去更多。所以在不开心的时候,应该努力回忆开心的事情,让自己在失去之后得到开心,那么还是赚到了。这样的人生才会是快乐的人生。人就是要这样活着,才不会辜负上天给我们生命的机会。"

听了刘原的话,董鹿茅塞顿开,知道自己到底该什么做了。回到宿舍之后马上就给肖白打了个电话:"你那天问我的事情我想清楚了。我的喜怒哀乐都应该是自己给的,所以我不想做你的影子。我们分手吧,不是因为别人,而是因为我们内心的距离真的太远了。"

"……好的,我知道了……我早就知道会是这样的结果,虽然你要的幸福我给不了你,但还是希望能有人给得了你。这次不能说再见了,因为我想我们应该没有什么理由再见面了,我更没有勇气跟你做普通朋友。放心吧,我也会努力让自己幸福的……"肖白说完就挂了电话,董鹿连解释的机会都没有,连最后的祝福都没说,两人就这样结束了。

董鹿以为自己真的是在想清楚之后才做的决定,但是当对方真的挂掉电话的一刹那,才发现自己几乎连心跳都快停止了。

　　一个人躺在床上，脑子里什么都没有，心也被掏空了，不知道下一步该怎么走。董鹿渐渐地觉得自己眼前一片漆黑，等到第二天被闹钟吵醒时，才发现眼睛肿得不像样了，枕头也是湿湿的，照镜子的时候都不敢相信自己憔悴的面容。她从没想过分手会是这么痛苦。

走出失恋，时间会让你更幸福

下 篇

——走出失恋，时间会让你更幸福

十四

　　董鹿总觉得自己跟普通女孩子不一样,因为她从小就比同龄女孩子坚强,跟肖白相处时从没有哭哭啼啼过,总认为自己是个拿得起放得下的人,可是没想到这次却这样不堪一击。多么希望肖白现在仍没有死心,希望她可以重新回到他的身边。但是当她打开手机的时候,得到的只有失望,肖白没有任何消息。

　　她真希望这一切都不是真的。可是当她上 QQ 找肖白头像的时候才彻底清醒了,因为肖白早就将董鹿删掉了。当董鹿又情不自禁地拨通肖白电话的时候，发现对方的手机号已经注销了……董鹿一下子不知所措了，她可能再也联系不上肖白了。

其实就算肖白现在真的站在自己面前，董鹿也不知道该说些什么。该说的、不该说的她都已经说完了，现在再想挽回，只怕是机会渺茫了。

中午时分，董鹿的父母打来电话，说是本来双方父母约好谈婚事的，但是一早肖白父母说又取消了，所以想问问女儿到底是怎么回事。

在跟父母聊天过程中，董鹿才知道，在她忙着为公司卖命的时候，肖白不仅在忙自己的工作，也不断地增进他们两个家庭之间的感情。双方父母早就在他的安排下见过几次面了，每次都是相谈甚欢，所以早就在悄悄计划两人的婚事了。该置办的东西也早就在置办了，本来是想在过年的时候给她一个惊喜的，可是没想到没过多久两人就分手了。关于原因，肖白也没有多说什么，所以他们一直都认为是肖白提的分手，因此肖白父母打电话的时候就一直在道歉。

知道真相的董鹿觉得自己简直太不像话了，一个这么全心全意为自己的男人，不懂得珍惜也就算了，还处处与他为难，难怪现在肖白会这么决绝。

对于分手的事情肖白一直没有多说，但是董鹿的父母就是不相信是肖白辜负了董鹿。"女儿啊，你们之间到底是发生了什么事情？为什么会变成这样的？"

"这是我们之间的事情，你们就不要多问了，反正都已经这样了，不可能再挽回了，你们就不要掺和了。我以后会给你们带回来一个好女婿，所以你们再也不要在我面前提肖白了。"

"是不是他在外面有别的女人了？要是这样的话，你不用怕，告诉我们，我们会帮你出气的。你知道的，小白的父母亲是最喜欢你的了。"

"不是，你们就不要胡思乱想了，总之我们之间是不可能的了，你们就什么都不要问了。"

"不是他，那就是你另有喜欢的人了。囡囡，你不要不知好歹啊，小白是多好的人，你要是错过了他，以后一定会后悔的。酒店里多乱啊，不三不四的人很多的，你不要被假象冲昏了头脑。"

"哎哟，你们想到哪里去了！事情根本就不是你们想的那样，我现在还要工作呢。这件事情以后就不要提了，我晚点给你们回电话。"说完董鹿就挂了电话，紧接着手机也关机了。

以前董鹿总以为自己不是特别在乎感情的，但直到失去之后才知道原来自己不过就是个性情中人，把感情看得比什么都重要。感情在没有预兆的情况下远去了，这一切都是自己一手造成的，怨不得别人。现在董鹿就只能靠着忙碌的生活和工作让自己忘记情伤。休息日她也不敢回家，她害怕面对父母想起以前的事，想起那个曾经最爱的人。于是董鹿就报了一个班开始学习心理学，现在的人太多变幻莫测了，还是要多学点东西才能更加了解身边的人和事，才能让自己的工作进行得顺利些。

董鹿几乎将自己所有的时间都花在了工作上，不断地向刘原学习怎样才能管理好一个部门，怎样跟下属建立良好的关系，怎样在学习中提高自己的工作能力。除此以外，董鹿也开始慢慢参加一些应酬活动，她认为除了要拥有工作能力，还要拥有强大的人脉网。

董鹿就这样用忙碌的工作麻痹着自己的感情,她开始渐渐走出失恋的阴影,脸上泛起了笑容,但内心却变得越来越冷漠了,她不会轻易地将自己的心里话告诉身边人,也不会轻易地跟别人成为知心朋友。

　　现在的董鹿就像是浴火重生的蝴蝶,冰冷而美丽。公司的很多异性渐渐地开始注意到这个曾经是默默无闻的小丫头,其中很多人开始追求她,包括刘原。

　　自从董鹿恢复单身状态,刘原就对她更殷勤了,恨不能天天能够跟她单独在一起。不过现实却让刘原有些失望,董鹿似乎都很无视那些追求她的男人,包括他自己,一幅冰山美人的形象。可是她越是这样不理不睬,越是有更多的人想打开高冷美女的心扉。

　　时间是最经不起消耗的,转眼就到了元旦。元旦,这对大部分人来说是个休闲的日子,因为终于可以在岁末年初的时候,放下烦心好好给自己放一个假。但是对于酒店来说却是难得的高峰期,所以越是这样的日子,酒店就越繁忙。尤其这是个新开业的酒店,元旦又是酒店开业以来的第一个盛大节日,所以更应该抓住这个机会。

由于老板的人脉关系，元旦来临之际就有不少人预订酒宴或房间。一个酒店董事长的女儿也正好要在这里摆酒宴，所以这些天几乎天天都有四五拨宴席。这下可忙坏了酒店员工。

说来也巧，董事长女儿的新郎刚好是董鹿的高中同学，于是领导临时决定请董鹿作为婚礼的特别来宾，希望她可以当大家的导游，为大家好好介绍一下酒店的特点。于公于私，董鹿都推不掉这种邀请，只能硬着头皮上了，希望自己不要表现太差，让人看笑话。

婚礼开始之前，董鹿再三向新人确认婚礼当天的流程，了解新人的性格、爱好，琢磨着如何将这场婚礼办得尽善尽美。在了解的过程中，她才知道，原来这对新人也是在校园里认识的，有点像她跟肖白。不过不一样的是，他们一开始并不是情侣，他们的相识源自一次校园辩论赛，他们都是最后的结辩手，为了学校他们用心准备这次辩论赛。最后的结果是，女孩略胜一筹，那一场辩论，男生没有关注别的，就关注了女孩。他从不曾想过如此娇小玲珑的一个女孩子，会有那么强大的气场，还有那么强大的知识储备。她在结辩时说的话,至今想起来都是言犹在耳。

辩论结束之后,本着友谊第一、比赛第二的宗旨,双方都成了好朋友。接触下来才知道,这个身材娇小、其貌不扬的女孩子居然就是他们学校的活字典,博古通今,似乎没有什么事情可以难得住她。当时她最大的愿望就是在毕业之后成为一名专业的辩手,"打辩"天下无敌手。

可是毕业之后,她并没有选择去当一个辩手,而是选择去酒店做一个普普通通的实习生。当时他们就在同一家酒店工作,从学校踏入社会,总是有诸多的不适应,但是她就像久经沙场的职场人士一样,什么事情都能做得井井有条,也会在男孩子徘徊不前的时候做他的指路明灯。

后来男孩子在迷途中找到了方向,凭着优异的表现,从一个小小的服务员升为了客服经理。而女孩子呢,抓住了做酒店导游的机会,成了酒店的风云人物。在一同经历过风霜雨露之后,两个人的心慢慢靠近,男孩越来越觉得这个女孩就是自己一直想要追寻的人,鼓起勇气表白之后,他们成了酒店破格留下的唯一一对恋人。

虽然他们在一起的时间并不是很长,但很快他们就有了结婚的想法，于是自然而然地开始谈婚论嫁。这时男孩才知道，原来女孩就是这个酒店老板的独生女，她之所以放弃自己的梦想来到这个酒店，就是为了父亲。她父亲年事已高，老来得女，所以一直非常娇惯这个宝贝女儿，要什么就给什么，也不会逼她做她不愿意的事情，知道女儿最大的心愿是当一个出色的辩手，他也十分支持，可是想到自己的家族企业，祖辈们打下来的酒店连锁事业要在他的手上结束，他心里就很不是滋味。

他在女儿临近毕业时生病了，女孩子看到父亲因为酒店的事情熬白了头发，现在又因为担心酒店后继无人病倒了，当机立断放弃了自己的梦想，开始接手家族企业，从基层做起，一步步做到管理者，然后以备将来接管父亲的事业。

而男孩子呢，居然是个标准的官二代加富二代，他的父亲来自军人家庭，家中的长辈曾是叶挺将军手下的军官。后来家中的男丁子承父业，都成了军中响当当的人物，所以从小他就是在军事化教育中长大的。他的母亲来自一个家底殷实的酒店家族，是这个家族的独生女，因为当年的女孩子不会抛头露面，最后她只能持有家族酒店的股份，却不能成为管理者，这是她一生的一个遗憾。好在她老公是个民主的人，并且十分爱她，当年结婚的时候就说，以后要是生儿子，一定让他从事酒店行业，有可能的话把他们家族的酒店再要回来，所以男孩子从小就被灌输的思想就是长大要做一个合格的酒店管理者，小时候在家里也会告诉他许多关于酒店的事情。

当彼此的身份公之于众的时候，两人相视一笑，原来对方都是"大骗子"，"骗"了自己这么久。这也算是扯平了，因为两人的身份，女孩的父亲决定将男孩培养成酒店的管理者，让自己的女儿继续追求辩手的梦想，甚至已经在规划怎么把自己的酒店与男孩子母亲家族的酒店合并在一起。

知道这些事情之后，董鹿更是感叹两个人一路走来不容易，不免想起自己跟肖白的事情，有些感伤。如果当初两人愿意妥协，彼此各让一步的话，说不定事情也不会变成这个样子，那么下一个新娘也许就是自己。可惜现在说什么都晚了，肖白对她已经绝望了，她再做什么都挽回不了了。这对新人延续了他们的幸福，所以她更要为他们策划一场盛大温馨的婚礼。

她向新人和婚庆公司再三确认后，终于将婚礼的完整方案确定下来。一切准备就绪，就等婚礼正式启动了。

　　婚礼当天准备工作做到十点钟，新人准备亮相了。当地的婚礼都是在晚上举行的，但是因为下午董鹿还安排了许多结合酒店特色的活动，所以将正席安排在了中午。随着浪漫的音乐响起，司仪开始介绍两人相识相恋的过程，播放他们的回忆照片，然后是双方父母致辞、新人交换戒指等流程，最后是隆重的婚宴，来宾们一边讨论这场婚礼的新人，一边品味着美味菜肴，欣赏着窗外的风景。

　　婚宴过后，董鹿带领大家走出酒店，来到草坪、小树林和温泉等处，让大家亲自体会一下上海独一无二的休闲度假胜地。大人们在草坪上享受着午后的太阳，小朋友们在小树林里玩捉迷藏。大家好像来到了世外桃源一般，享受着无拘无束的田园生活，其乐融融。

　　因为今天的主角是两个新人，所以董鹿不方便占用太多时间，便带着大家坐着缆车参观了一圈。

　　欣赏完烟火，婚礼就圆满结束了，董鹿回去时碰见了刘原，两人便结伴而行。

走到宿舍门口时，两人也没有多说什么就直接各自回房间休息了。这是董鹿在酒店过的元旦，也是在认识肖白之后第一次一个人过元旦，不管这个元旦过得有多忙碌，但是在董鹿心里，这个元旦还是空虚的。

窗外还有不少人在一起庆祝这个佳节，放着烟火，但是这样短暂的美丽却让董鹿揪心地疼。她怀念身边有他的日子，原本以为痊愈了的伤疤，还是会在不经意间隐隐作痛。

董鹿在经过了那么多的洗礼后，变得更成熟了，与此同时，也变得更稳重、高冷了。

每次刘原试图让董鹿松口答应做他女朋友的时候，董鹿总是顾左右而言他，而刘原却自作多情地以为这是女生的害羞。他认为董鹿之所以会和肖白分手，除了两地分居的原因之外，很大一部分原因是因为他，所以现在正是他勇往直前的好机会。想想两人之间曾经经历过的那些事情，还有两人现在的相处模式，可以说现在的酒店里没有人能够比他跟董鹿更亲近的了。他有十足的把握，只要现在能抓住机会，幸福就唾手可得。

有了这样的自信之后，刘原开始慢慢计划自己的追求之路。他明白董鹿现在才刚刚走出上一段情伤，所以不能进行得太快。

刚开始，刘原总是以工作的名义约董鹿一起吃饭，所以董鹿也没有拒绝，除了聊工作之外，也会自然而然地聊一些个人的事情。

董鹿觉得只要自己不给刘原任何正式表白和追求的机会，刘原就会慢慢转移感情的。

可是事情的发展并没有董鹿想象的那么简单，因为酒店已经开始流传他们的恋情谣言了。之前男同事见了董鹿可能会有意无意地开玩笑说："美女，今晚有空吗？一起吃个饭吧？"或者干脆更加直接地说："美女，做我女朋友怎样？"但是现在自从谣言在酒店传开后，所有人见到她就会说"怎么样，春节会在哪里过？""什么时候见双方家长？""什么时候可以吃到你们的喜糖？"之类的话。每次听到这些谣言的时候，董鹿都想尽方法解释，可是根本就没有人相信。在所有人的眼里，刘原和董鹿就是酒店的金童玉女。

董鹿明白，对于这样的流言蜚语，有的时候你越辩解，人家就会越来劲儿，所以干脆什么都不说了，免得越描越黑。但是对于这件事情的态度,刘原却是完全相反的,他现在几乎是信心满满,觉得董鹿对自己的感情一定不是普通朋友那么简单的,现在只是缺少一个机会,一个正式表白的机会。

一天开完会后,董事长小声地问他们:"最近你俩的事情传得沸沸扬扬的,是不是该低调点?哈哈。到时要办酒席的话,咱们这里可以给你们一个最低折扣。"此言一出,董鹿的脸顿时绯红,无言以对。还是刘原比较机警,忙说道:"这种事情还是要看缘分的,董事长的好意我们记下就是了。"

董事长走后,董鹿脸上还是红彤彤的。刘原就开始打趣:"天不怕地不怕的女强人,原来还怕被人开玩笑啊。"

"开玩笑也要有个度,这种玩笑也太过分了!"说完扭头走了。

刘原还在回想着刚刚董事长说的那些话,总觉得董鹿害羞实属正常,他俩的事一定是十拿九稳了,今年过年终于可以带女朋友回家见父母了。

说来也巧,就在这几天,刘原的父母给儿子打来电话,让他早点回家,家里已经帮他安排好了相亲。刘原在电话里也没有多说什么,只说相亲的事情等他回家之后再商量。他原本打算等跟董鹿表白之后再把她带回家,给父母一个惊喜。

于是第二天,刘原便郑重其事地邀请董鹿共进晚餐。董鹿原本是不想去的,可是想到最近这么多流言蜚语,是时候跟刘原商议一下解决办法,虽然自己曾经确实对刘原有过好感,但经过这段时间的慢慢冷静之后,董鹿发现自己对于刘原的感情不过是一种如兄如父的一种亲切感而已。尽管自己曾经很依靠刘原,但董鹿明白,依赖并不等同于爱情,希望不会给刘原造成误会。

两人抱着不同的目的去赴约了。一开始,刘原并没有直接切入主题,而是随口聊些无关紧要的事,慢慢地开始将话题引向正题。

"你看你除了在上海及周边晃悠一下,其他地方还没怎么去过吧?过年的时候想不想出去旅游一下?"刘原说道。

"我之前就很想当导游的,希望可以游遍中国的名山大川,可惜我父母不放心我一个人天南海北地跑,最后就放弃了。不过现在工作了,偶尔出去旅游一下也是可以的,只是现在去哪里都得花钱啊,我这才刚刚毕业工作,哪有多余的钱去逍遥?还是再等几年吧。"

"那要是我出钱请你去旅游,你敢不敢去?"

"无缘无故的,你为什么请我去?一定是有什么阴谋诡计吧,哈哈。"

"其实也没什么大事,就是我父母希望我早日成家,所以帮我安排了相亲的事情。不过可惜啊,他们不知道我早就心有所属了。现在就是不知道我的公主——你——愿不愿意去见一下未来的公婆。"面对刘原如此赤裸裸的邀请,董鹿顿时有些发懵。

当董鹿听到刘原如此直接的表白后,她觉得自己要做的事不能再拖延下去了,不能再让这样的误会继续下去了。"刘经理,不好意思,我想有些事情你真的是误会了。其实我一直都很尊重你,也很仰慕你,但并不代表男女之情,我一直都把你当作我职业上的老师兼兄长。"

原以为这次表白是万无一失的,但没想到居然是一场美丽的误会,刘原的情绪有些控制不住了。"你说你对我从来没有过男女之情,那你之前说的那些话算什么?我早就告诉过你让你早点离开,而你却问我是不是讨厌你,为什么总是希望你离开?难道这样的话也是普通朋友或者同事之间说的吗?还是你也会常常跟身边的人说这样的话?我知道,你现在刚刚失恋,可能还没有完全从失恋的阴影中走出来,你可以说让我再给你一段时间,或者说再考虑考虑什么的,我都可以理解,我也可以给你时间,但是你怎么可以说你对我没有爱情呢?那你伤心的时候找我哭诉,低落的时候依偎在我怀里,不舍得离开我,这算什么呢?是在玩我吗?"

董鹿赶忙解释道:"我也不想这样子的,曾经我真的以为我是喜欢你。我不否认,你是那么的优秀,从你第一次出现在我面前的时候,我就知道你是我喜欢的类型。你的成熟稳重,你的细心决绝,都是我喜欢的。我也曾经为了你跟我男朋友吵架,甚至在他让我离开这里的时候,我也误以为由于你在这里,所以我不想离开。甚至这成了我们分手的导火索。但是自从我们分手之后,我才知道,我爱的是他,一直都是他,只是我们真的没办法生活在一起,我们是两个世界的人。这段时间,我也想了我跟你之间的事情,是呀,我是那么的愿意亲近你,那么的依赖你,甚至幻想我们会有一个美好的未来，可是后来我明白了，那是因为现在的你其实就是未来的我。我们都是可以为了工作放弃一切的人，人都是有自恋倾向的，或多或少而已。我喜欢你，是因为我喜欢未来的我，你是我的目标，也是我努力的榜样，但这并不是爱情。"

"多么讽刺的一个答案呀，你为了我分手了，结果却说，你根本就不爱我。那你为什么会答应我的约会？为什么会跟我一起在星空下漫步？为什么一有困难就会来找我？为什么会因为我而跟你的男朋友分手？如果真的爱我是一个误会，那么为什么不解释清楚呢？为什么还要让他带着你的误解离开呢？"对于这样的解释，刘原有些难以接受，哪怕她说是爱他的，但是更爱自己的前男友，也算合理，也比现在的这个答案让他能够接受些。

"一开始会接受你的邀约，是因为你是我的上司，我不懂得如何拒绝，这是其一。其二，我记得以前我们部门聚餐的时候，你也说过其实人际关系远比个人能力更为重要。其三，就是，我真的很想跟你多多学习，除了工作，生活中的为人处世，我也想学。至于分手的事情，我不否认，当初我犹豫不决，真的是错把敬仰当爱情，我以为我爱上你了，所以不想离开酒店，才会让男朋友生气，才会分手的。虽然现在知道这一切都是一个美丽的误会，但是当初确实是误以为爱你才会那么意志坚决分手的，所以我觉得这个事情我没什么好解释的。真的对不起，其实我一想清楚时就应该告诉你的，可是一直都没有找到一个合适的机会，没想到害你越陷越深……"

"呵呵，弄了半天我们之间只是一场美丽的误会。"刘原说着禁不住泪如雨下，董鹿在一旁内疚地低下了头，不知道要怎么安慰。

见董鹿没有任何反应，他继续说："既然你对我有好感，为什么就不能给我一个机会呢？说不定我们开始之后，你就会发现你对我的感情是真的爱情。"

"不可能的，我已经试过了。在我和肖白分手之后我真的想过给你一个机会，想试试看自己能不能爱上你，但是经过一段时间，我发现那是不可能的。这件事情真的都是我的错，如果一开始我就跟你说清楚，也就不会造成现在这种局面了。"

"你一直都在跟我保持距离，是我想入非非、不自量力了。"

"我真的不希望你因为这件事情受到影响,我不想奢望原谅,只是希望你不要因为这件事情而萎靡不振,希望你可以找到比我更好的女孩。"

"放心吧,大家都是成年人了,谁都知道感情的事情是不能勉强的。而且人生不是只有感情一件事情,我不会怎样的,只是现在我想一个人好好静静。"

"那好吧,我先回去了,现在天气挺冷的,你记得早点回去,明天还有一大堆工作等着我们呢,不能因为感情的事情影响到我们的工作,这是你之前教我的。"说完,董鹿就一个人先回宿舍去了。

第二天,刘原还跟以前一样认真工作,外表看不出什么异常,只是很少说话。除了完成本职工作之外,也常常把董鹿叫进他的办公室,将一些事情交给董鹿做。董鹿知道刘原现在已经打定主意要离开了。

果然在星期一的晨会上,刘原就跟董事长提出了辞职。当被问及理由的时候,刘原也没有多说什么,只说家人不希望他在这么远的地方上班,希望他可以陪在他们的身边。而且过年的时候家里也帮他安排好了相亲,如果顺利的话,可能过完年就会开始忙结婚下聘的事情。结了婚之后,也不一定像现在一样是一只没脚的小鸟了,想去哪里就去哪里了,有可能就在老家安定下来。毕竟老家那里也有不少酒店,父母年纪也大了,需要人照顾。相亲对象据说也是在老家没有出来过的,为了家人,在老家工作是最好的一个选择。他的理由十分充分,合情合理,但是董事会考虑到现在酒店不好招人,所以没有马上批准他的辞职,需要找到接手的人他才能够离开。刘原就趁机向董事长推荐了董鹿,虽然董鹿年纪尚轻,可毕竟工作表现突出,而且对酒店也相当熟悉,又是这里的元老,而且平时人事上的事务也都接触过,他相信她能够胜任这个工作。对于董鹿的表现,酒店的人都是看在眼里的,从进酒店第一天就为酒店默默付出,不管是工作能力,还是人际关系都是没话讲的。更重要的是,一时半会儿也没有更合适的人选,刘原这边又急着要走,所以董事长也没有多说什么,便点头默许了,但是并没有让她马上上任,而是先从实习经理做起。

得到董事长的同意后,刘原就彻底将人事部交给董鹿管理了,当她遇到不懂的事情时,他还是会耐心地教她,不过两人除了公事之外就不再多说别的了。看着两人现在这么尴尬,公司内又开始谣传他们的事情了。有人说董鹿是上海小姑娘,看不起刘原这样的外地人,董鹿就是利用了刘原的感情才会这么快上位的,是个心机重的女人。

对于董鹿的流言又一次铺天盖地地袭来,但跟上次不一样的是,这次再也没有人为她出头了,之前那些曾经对她有好感的男同事,现在也都一个个地开始远离她。

笑,全世界便与你同声笑,
哭,你便独自哭。

———张爱玲

十五

关于那些流言蜚语,董鹿渐渐学会了释然,她知道这些事情都是子虚乌有,身正不怕影子斜,她从来都不屑做长舌妇,所以没必要跟他们一般见识。对于谣言,她永远都相信谣言止于智者,而她只喜欢跟智者共事,不喜欢跟无知者争辩不清。所以面对这次的绯闻,她依旧是无视,做自己的事情,好坏任人评说。

关于工作,董鹿是个聪明而勤奋的女孩子,在刘原传授经验的时候她一直认真听着,所以董鹿仅用了半个月的时间就彻底熟悉了刘原的所有工作。与此同时，董鹿也凭着自己的实力做出了几件让董事长满意的事情。她的正式升迁也就指日可待了。

春节之前，刘原正式辞职了。没过多久，董鹿就正式升为了人事部经理。

没想到自己刚来没多久就升为了人事部经理了，这是董鹿之前想都不敢想的事情，但是现在她确实做到了。可是董鹿并没有因为升职而开心，因为她为了这个职位失去了太多的东西，包括自己最珍惜的爱情。现在身边连个分享喜悦的人都没有，简直到了孤家寡人的地步。

但是毕竟师徒一场，董鹿还是想好好送送刘原，于是很隆重地请刘原吃了顿饭，就在中午午休的时候，她来到刘原的办公室："刘经理，真的很对不起，给你来带了这么大的伤害。让你在还没有恋爱的时候就失恋了，让你不得不离开这个地方。我知道你从来这里就想要久待，但是没想到才来没两年就要离开这里，现在事业爱情都失利了。我知道这都是我一手造成的，真的很抱歉，请你原谅我。我想请你吃顿饭，以此表达我对你的亏欠，我知道这并不能减轻我对你的伤害，但我只是想表白我的歉意。我相信在不久的将来你会找一个比我更好的女人，获得属于你的幸福。"

"吃饭？就凭你，你打算请我吃多少钱的饭，你有多少钱可以请我吃饭的？"听到董鹿不是进来跟自己说公事，刘原慢慢抬起头，假装一本正经地问道。

当下董鹿的脑子有点蒙，她不知道刘原这话到底是什么意思，印象中的他对于吃的从来不挑剔的。她也知道刘原是苦孩子出身，所以一向节俭，这次说到饭钱的问题，董鹿有些始料不及，硬着头皮挤出笑容说："我会尽我全力满足你的要求，我知道我现在的工资也不高，但是没关系，一顿饭的钱我还是付得起的。"

看到董鹿说得如此认真，刘原更加"一本正经"地说："这么自信呀，好吧，不能拂了你的面子。这样吧，我也不要去吃什么高档餐厅，你去找给总理、主席烧菜的厨师，就按国宴的标准给我来一份一模一样就好，多的我也不要。"

"国宴？总理主席的厨师？刘经理别闹了，我说正经的，你选一家餐厅，只要是我能力范围之内的，不管时间、地点，我一定都配合你。"

"我怎么知道你的能力范围之内是多少？我们有那么熟吗？不是只是上下级的同事关系吗？"刘原笑了一声说，"好了，不要来这些虚头巴脑的，你从文员到现在这个位置不容易，要把心思花在自己的工作上。你是凭着本事坐上人事部经理这个位置的，不用对我感到愧疚或者感激，现在正是最繁忙的时候，你先出去上班吧。其他的都别说了，好好工作，拿出业绩就算是你对我最大的祝福吧。"

见他如此这般坚决，董鹿也不好再多说什么，只能回到自己的座位上。虽说现在是午休时间，但因为临近年底事情本来就很多，再加上要跟刘原做最后的交接工作，她现在是忙得脚不沾地，一回到自己座位就开始联系各项业务，确认新一年的合作计划。

因为董鹿的拒绝，刘原递上了辞职报告。因为两人这样的关系，人事部办公室的气氛也变得怪怪的，再也没有以前的嘻嘻哈哈，每个人都忙着自己分内的事情，办公室一时间回到了只谈工作不谈其他的状态。董鹿想要改变这样的气氛，但是她知道只要刘原还在这件事情就不可能办到，现在自己也就只能是心里干着急，完全没有任何应对之策。

对于这次的邀约，刘原就这么断然地拒绝了，董鹿就开始了纠缠政策，自从肖白吃醋之后两人就再也没有在一个桌上吃过工作餐。现在为了弥补自己的过错，让刘原可以答应饭局，董鹿再一次来到刘原的饭桌上："刘经理，我能够有这样的成绩，都是你对我的提携，请给我一个机会报答你，请答应我的饭局邀约吧。"

刘原只顾吃饭，什么话也没有说，董鹿继续往下说："我理解你现在的心情，但是也请理解我的心情，就给我一个道歉的机会吧。"

刘原还是没抬头，冷冷地说了句："吃饭，食不言寝不语，不知道吗？"

见他如此，董鹿也就只能乖乖听话，低头吃饭，什么也不敢说了。刘原很快就吃完了饭，还是没有抬头，一字一句吐字清晰地说道："你不欠我什么，不需要向我道歉，我们之间本就没有对错，不存在什么原谅不原谅的。你是知道的，我需要的是你做我的女人，既然你做不到，那就没什么好说的，各自安好吧。吃饭，逛街，送礼物什么的，这些不过就是些表面化的形式，我不需要这些，不用了。你要是有钱的话,就好好给自己的花吧,女人不要亏待了自己。"

"但是……"董鹿还想再说些什么,刘原没有给她这个机会,说完他要说的话就直接离开了。这天他就再也没有在办公室出现过,打电话问,只说是自己身体不舒服,已经跟老板请过假了,说完就把电话挂了,随后就关机了。

第二次的邀请,还是以失败告终,董鹿还是没有放弃,这一次她选择在人事部开会的时候提出来。就在会议结束的时候,董鹿突然说:"大家先等等,我还有一件事情,想跟大家说一下。我们这些人都是酒店开业前后陪着酒店历经风雨的人,都是革命情感,现在刘经理马上就要离开我们这个团队了,我有个提议,为他办个欢送会,我请客,你们觉得怎么样?"

话音刚落,就得到了其他员工的支持,大家纷纷表示愿意办这个欢送会,并且不用董鹿出钱,除刘原之外的其他人AA制。刘原不紧不慢站了起来说:"谢谢大家的好意,这个事情董事长也跟我说过了,我当时是这么回的,我说:'大家的好意我心领了,但是现在正是酒店最忙的时候,酒店才刚刚开业,要回本不是那么容易的。现在正是大家努力拼搏的时候，一切都应该以酒店的发展为前提，过年正是酒店客流量最多的事情，大家应该把自己的时间跟精力都花在工作上才是，不能因为这样的小事情大费周折。员工离职很正常，要是开了我这个先例，以后每个人员离职时是不是都要办一场欢送会？那酒店是给员工办欢送会的，还是盈利的？没有收益，这么多员工的工资怎么办？'这是我的原话，现在我把这些话也送给你们，好意我领了，欢送会就算了，谢谢各位了。"

第三次还是以刘原的成功而结束，但是董鹿还是没有灰心，继续着下一次的邀请计划。她还没想到怎么再次邀请刘原吃饭，刘原就把她叫进了办公室："你真的那么想请我吃饭，并且一定要请到吗？"

董鹿坚定不移地说："那当然，我的决心和诚意一直都摆在你的面前，我的耐性你也是知道的，你要是不想一直被我烦，就早点答应了吧。"

"好吧，我答应你，但是我有几个要求。"看到董鹿这么不依不饶的，刘原只能答应了这个饭局邀约。

自己的真诚终于感动了刘原，他愿意答应她的邀请，董鹿喜出望外:"好的,只要你能够让我在你离开之前请你吃顿饭表达我的歉意,随便你提什么要求,都可以。"

刘原也毫不客气将自己的要求说了出来:"第一,这个饭局就只是我和你,没有别人,也不要跟别人提起。第二,在我离开之前,你每天一日三餐都陪我在员工食堂吃,但是不能再提饭局的事情。第三,饭局的时间定在我离开的前一个晚上,至于地点由我来定,你不要问,在饭局当天,我会直接带你过去的,当然我会告诉你大概准备多少钱。要是可以,我就去,不行就算了。"

刘原说得那么一本正经的,董鹿还以为是多么了不起的要求,原来就是这么简单,她想也没想就答应了:"好的,就这么说定了,可不要爽约。"

"放心吧,要没别的事情,你就出去吧。"看刘原这么说,董鹿也就只能出去了。之后她真的如约每天都陪着刘原在员工食堂吃饭,两人就像什么都没发生一样,还是一如既往无话不说。董鹿说着自己对未来的计划,现在自己刚刚才失恋,对于爱情她有些害怕,暂时不想考虑爱情。只想先把所有的精力都花在工作上,看看自己还有多大的潜力,还能在工作上有多少进步。

刘原还是免不了要安慰几句:"你能做个女强人当然是好事,但是人啊,还是应该拥有自己的婚姻与爱情的,尤其是女人,所以你要把握好分寸,别把所有的心思都花在工作上。"

"知道了,师父。"此刻董鹿觉得刘原有点像《大话西游》中的唐僧,啰唆却也有些可爱,忍不住笑着说:"你看你,说我说得头头是道的,你自己呢?也老大不小了,父母不是也在催婚吗?可是还不是就这么单着,也不着急,我这是向你学习。"

"傻瓜,我是男的,你是女的。在婚姻爱情的选择上,我们的标准是不一样的。再说,你怎么知道我就不着急了呢?我这么急着要辞职,也是因为家里帮我安排了相亲,也许过年就能有好消息了。"见她如此说,刘原马上就把家人给他安排相亲的事搬了出来,希望她可以为她的婚姻大事上点心。

知道刘原在婚姻大事方面有了自己的安排,董鹿也就放心了些,笑着说:"那真是恭喜恭喜了,我期待着来年吃你的喜糖,既然师父你都这么努力了,那我也不会落于人后的。你放心吧,等我的工作稳定了之后,我一定会好好去处理我的婚姻大事的。"

两人每天就这么你一言我一语说着工作上的事情,以及各自的一些私事,就像是认识了很多年的老朋友,似乎总有聊不完的话题。在这样的氛围中,很快就到了腊月二十八,再过两天就是腊月三十了,董鹿记得刘原的辞职单上写的就是腊月二十九是离职日期。但是不知道为什么刘原一直没有提起过饭局的事情,腊月二十八的晚上,董鹿忍不住给刘原打了个电话,但是对方的电话是无话接通。她就只能留言:师父,我知道之前我们有过约定,在饭局之前我不能再问什么时候吃饭,去哪里吃。但是明天就是你上班的最后一天,所以我还是忍不住跟你确认下,你别忘了明天的约定。

董鹿等到很晚,但是刘原一直没有回复她,以前刘原不管有多忙,都会第一时间回复她的短信。她也理解,毕竟现在的关系跟之前不一样了,便打算第二天上班的时候见了他本人再说。

没想到,第二天一上班就听见同部门的小姑娘说:"刘经理怎么走得这么着急？明明说好今天是最后一天，怎么昨天晚上就回家了呢？都那么晚了，十一点多了，还非要走，是不是家里出什么事了？"

董鹿简直不相信自己的耳朵，明明说好的饭局，怎么会这样呢？她正打算打电话给刘原，没想到收到了刘原的短信：鹿鹿，我失约了，不是因为有什么紧急的事情非要回去，而是我就是不想跟你吃那顿饭。我知道，吃饭的时候，你无非就是道歉、祝福，这些对我来说没有任何意义。我有多爱你，就会有多恨你，我没办法让你爱我，但是我可以让你内疚一辈子，我不会给你道歉的机会。

收到短信后，董鹿还是打了电话，可是只听到那熟悉的语音"对不起，你所呼叫的用户已关机"。当初肖白就是这么消失得无影无踪，现在刘原也是这个样子。自己计划好了所有道歉的流程和道歉内容，在脑海中演练了千百遍，但是没想到事情会变成这样。现在她甚至想不起来，最后一次吃晚饭的时候，他们说了些什么。自以为这部戏的导演是自己，却发现自己不过就是一个任人摆布的玩偶，她忍不住在刘原的办公室，不，如今是自己的办公室中崩溃大哭。

男人彻底懂得一个女人之后,
是不会爱她的。

———张爱玲

十六

经过了爱情的洗礼、工作的升迁，在忙忙碌碌中，终于过完了一年，可以回家休息一段时间了。这一年的收获让她很知足，不管年后将是怎样忙碌的生活，但是想到这一年的经历和努力，她觉得一切辛苦都没有白费。

董鹿一回到家，父母便百般殷勤地跟她嘘寒问暖，久违了的温情重上心头。但是还没有等董鹿感动完，烦心事就找上门了，对于她跟肖白不清不楚的分手事件，父母亲到现在还抱有一丝希望，希望他们可以重归于好。

"囡囡啊,你看,你现在呢职位也升了,可是男朋友怎么就跑了呢?你上次不是说你们之间不是因为第三者吗?我看小白对你还是很痴情的,趁着过年,你要不就再去找找他?说不定他就等着你服个软,给他个台阶下呢。"

"妈!您说您整天在家里胡思乱想些什么呀?我们之间是因为性格不合才和平分手的,又没有什么误会。马上要春节了,您还是忙您的年货去吧。我这忙忙碌碌一年了,您呢,就发发慈悲让我休息几天吧。"

"你看你这孩子,这试都没有试就说不行了,我看他们家都挺喜欢你的。只要你先松个口,说不定这事就成了呢。你也老大不小了,过了这村儿可就没这店儿了。以后想找个比小白条件好的男朋友怕是很难了,不要等到那时候再后悔。"

"放心吧,我以后就是找个乞丐当男朋友也不会在您面前哭的,这样您总放心了吧?"

"呸呸呸,你这说的叫什么话!我好好的一个女儿,现在都已经是个部门经理了,到头来金龟婿没找到,弄了个乞丐回来算是怎么回事?"

"我那不就是随口说说嘛,玩笑话您也当真?"

"没正经的!你和小白的事情我可以不管,但是你自己的婚事你不能不着急,毕竟你也不小了,该好好找个男朋友相处看看,要是差不多了呢就结婚。这个晚婚晚育啊,对女人是很伤身体的,年经大了体力也跟不上……"

"哎哟,我的妈呀,我这是回来过节的,怎么又成了被您逼婚了呢?我这不是才单身嘛,还没来得及调整和计划呢。您放心,我先休息几天,等我放松好了一定把您老人家交代的事情给办了,行吗?"

"我不是就怕你这孩子一门心思都放在工作上,把自己给耽误了吗?"

"不会的,有您在,这种事情怎么可能发生呢?"

"算了,我也不说了,免得你又说妈妈到了更年期。"

"我哪敢啊,再说我妈这么温柔贤惠。"

经过一番唇枪舌剑之后,董鹿好不容易把母亲哄开心了,便回到舒服的大床上美美地睡了一觉,直到晚饭时分才被母亲叫醒吃饭。晚饭过后,她便陪母亲在外面散散步。看着满街霓虹灯高挂,不知不觉就好像回到了读书时候,以前每星期回家，董鹿都会这样陪着母亲逛街，但是今年因为工作的原因，常常不回家，长久不见，觉得母亲消瘦了很多。董鹿心里一阵惭愧。

接下来的几天，董鹿基本都是睡到日上三竿自然醒，起床后或是玩电脑看影视剧，或是跟同学聚会、逛街，或是陪父母购物、做家务，但是不管过得多么充实，董鹿还是开心不起来，心里便觉得少了点什么的。原本以为那句"永远不要再见"只是随口说说，可是自从回到家乡，就再也没有见到肖白的踪影，再也没有听到肖白的消息时，心里便觉得空当当的。

在纠结中，董鹿等来了新年倒计时。记得之前两人从确定恋爱关系以后，每年都是一起做倒计时的。在第一年的倒计时期间，肖白对董鹿做出了承诺，他说不管发生什么事情，他都会陪在她的身边，执子之手与子偕老。董鹿一直都深深地记着那个最幸福的时刻，每次回想起来，都觉得自己是世界上最幸福的女人。

但是今年一切都已经物是人非了，跨年时没有激动和不舍，没有分开时狂轰滥炸的电话粥，有的只是分手时的痛彻心扉。不知道自己当初怎么会这么傻，放弃了这样的大好姻缘。看着父母这般幸福的模样，看着身边好朋友一个个出双入对，董鹿便忍不住地想回到自己的房间大哭一场。

吃过年夜饭后，父母还在客厅看春晚，董鹿便悄悄地一个人回到了房间。

尽管这个春节还是跟往年一样，父母带着董鹿不停地走亲访友，拜年聚餐，可是这些都是表面的热闹，内心却是孤独的。几个表姐妹、表兄弟，一个个虽然在事业上可能没有她那么一帆风顺，可是在感情方面都很稳定。董鹿的女强人形象一点都没有让她觉得很自豪，而是觉得很痛苦。这时候她才明白，自己虽然很要强，但毕竟还是个普通女孩子，最渴望的还是家庭的温暖。

这个春节，董鹿让自己的心彻底安静下来，认真思考自己到底要的是什么。到底是工作上的满足，还是生活上的充实？

董鹿本来是抱着回家好好休息的目的过年的，但是没想到回家之后更不开心了，不过也就是在回家的这段时间里，她清楚地知道了自己最想要的是什么。在老家时觉得家庭的温暖和爱情的圆满很重要，但到了工作岗位后，事业的发展和业绩所带来的成就感更让她感到快乐。如此这般地纠结后，她又全心全意地投入到了工作中。

父母看着女儿又一心扑在了工作上，又开始心急了，便自作主张忙着帮她安排相亲的事情。董鹿知道父母这样做都是为她好，她出于孝心，也不反对，依着父母去见面，就当多认识些朋友，拓展人脉资源。但几场相亲后，却大失所望。

爱情之路不够顺畅，董鹿便更加在事业上用心了，不仅为公司招了不少人才，还跟几家高校商量好了实习生合作的事情。尽管酒店的人员配备已不是成问题，人事部的工作压力也没有那么大，但是酒店的发展前景却越来越让人担忧。因为之前的负面影响，酒店的生意一直都不温不火的。董鹿认为，自己在这家酒店的发展空间十分有限，便开始考虑转型的事情。父母听说女儿计划跳槽了，十分开心，因为不想让女儿因为工作繁忙耽误了婚姻大事。

就在董鹿考虑跳槽之际，上海金茂希尔顿酒店对董鹿伸出了橄榄枝，希望她可以加入，并且承诺如果她表现出色的话，还可能会被派去纽约工作。

出国工作曾经是董鹿在学校的时候想过的事情,但是自从来到酒店之后,就再也没想过了,希尔顿酒店的待遇确实很诱人。面试之后,董鹿就马上被录用了。尽管原酒店领导极力挽留,可是现在是一个让自己事业更上一层楼的最好时机,董鹿还是毅然决然地选择了离开。

离开酒店之后,董鹿还没来得及休息就直接来到了新公司报到,因为在酒店当人事部经理的时间有点短,所以入职的时候只是一个副经理。董鹿在新的环境里开始慢慢施展自己的才华,一边协助上司,一边学习他的工作方法。慢慢充电的同时,渐渐加强英语水平。因为她出色的工作表现,每个季度评选的优秀员工的名单上都有她,所以不到一年的时间,董鹿就得到了升职机会。

当了人事部经理之后,董鹿做事就更加小心翼翼了。董鹿总结出了一套自己独有的管理模式,一开始的时候实行起来不是很顺利,可是随着时间的推移,这套模式渐渐开始起了作用,人事部比以前更加规范了,没过多久,人事部就成了酒店的向心力,再加上董鹿手头有不少国内外著名高校负责人的联系方式,每年都会有不少优秀的实习生来酒店实习，让酒店的服务质量和口碑都有了质的飞跃。

董鹿所做的事情都被公司领导看在了眼里，没过几年董鹿便有了出国深造的机会。在异国他乡，董鹿也没有一刻放松过，一方面不断充电，提升工作能力，另一方面，学习一些其他国家的语言，还会去一些当地的知名酒店去做考察，定期给公司做汇报。

她的所作所为给公司带来了切实利益，所以领导一再给她加薪，希望她可以多为公司效力。她没有让公司失望，总是给公司带来惊喜。

刚进公司的时候她是个不被看好的新人，但是经过几年历练，她用自己的实际行动告诉了所有的人，不管走到哪里，她都是最优秀的员工。

在事业方面，董鹿已经做到大型企业的中层管理。可是在感情方面，她却输给同龄人一大截，自从跟肖白分手后就一直单身。父母亲前几年的时候还帮着张罗相亲的事，后来看女儿一门心思都扑在工作上，也就死心了。婚姻大事还是让她自己看着办，毕竟这以后的生活是她自己过。

不过好在这些年的付出还是有回报的，尽管暂时还没有升职，但可以享受国外美丽的风景，可以学习到从前没有接触过的知识，也可以适当调节心情、减轻压力，这已经让董鹿很满足了。董鹿觉得现在的自己就像是个自由女神，想怎样就怎样，过着令人羡慕的单身生活。

从国外回来之后，董鹿更加精神焕发了，工作的时候也更懂得张弛有度，跟同事相处得越来越融洽。

一天，董鹿准备出门参加同事兼学妹的婚礼。这时站在一学的父母又开始唠叨了："看看，人家小姑娘都比你嫁得早，你得跟人家好好学学，知道吗？"

"哎哟，我知道了！"

"今天参加婚礼的人一定很多吧？记得多留意那些单身男，要是有好的可千万别错过。"

"妈，我是去参加别人的婚礼，又不是去相亲！"董鹿无奈地摇摇头出门了。

没有一个女子是因为她的灵魂美丽而被爱的。

——张爱玲

十七

　　董鹿火急火燎地来到婚礼现场时，还没顾得上跟新人打招呼就遇到了一位意想不到的熟人——肖白。分手这么久两人就再也没有见过面，没想到在这样的场合下重逢了。与此同时，肖白也看见了董鹿，便走上前打招呼。

　　"嗨，好久不见了。"

　　"好久不见。"

　　两人寒暄着，不经意间问起了对方的工作和生活。

　　董鹿说道："如你之前预料的一样，我真的成了个不折不扣的女强人。至于感情嘛,我还是孤家寡人一个,你呢?"

"我工作也还可以,儿子今年刚上幼儿园。对了,你怎么来这里了?"

"新娘是我的同事,也是我的小学妹,我来沾沾她的喜气。你呢?"

"新娘是我妻子的大学同学兼闺蜜。"

"这么巧!"

"是啊,好巧。"

两人边说边往新人那边走去。他们之间的事情,在经过时间的洗礼之后,肖白渐渐放下了之前的那些不愉快,也没有当初离开的时候那么执拗了。在聊天的过程中,肖白告诉董鹿,经过几年的努力,他已经是个小小的科长了,过段时间要是能够通过考核的话还能够继续往上升。至于感情呢,在两人分手之后,他就在家人的介绍下,认识了现在的老婆。他老婆来自官二代的家庭,但是却是个没有野心的恬静女孩子,大学毕业之后,也曾经在政府机关工作过一段时间。但是当时的她一点都不喜欢自己的工作,想自己开店,父母觉得这想法不切实际,不准她离职。后来两人认识之后，她很直白地说出了自己的想法，在肖白的支持下，她终于下定决心瞒着她父母把工作辞了，然后拿着自己多年的积蓄，还有肖白的一部分钱，开了一家小小的鲜花咖啡店，每天做着自己喜欢的事情。在咖啡店开业的时候，她才把这件事情告诉了家里人，双方父母知道这件事情的时候大吃一惊，但也十分支持他们。

越相处，肖白越觉得这就是自己想要娶的女人，柔情似水，他每时每刻都能感觉到这个女人有多需要他，也想天天陪在她的身边照顾她，呵护她。自从开了咖啡店之后，肖白每天下班后都会去店里帮忙，两人的感情在咖啡店里急剧升温。认识半年之后，两人就开始计划起了婚事，然后就顺理成章地结婚生孩子。

肖白在说这些话的时候眼睛里一直闪烁着光芒，这是董鹿之前从未看到过的，那份温柔，曾经自己唾手可得，现在却再也不可能了。董鹿忽然有一种失落，也有一些醋意，却什么话都说不出口，毕竟这一切都是自己放弃的。

两人说着说着就走到了新人跟前，她看到旁边站着一个清纯可人的女孩子，跟新娘子一样也穿着白色纱裙，有些微微发福,白白净净,美丽极了。肖白介绍说那就是他的妻子,董鹿没有惊讶,她觉得只有这样的女孩子才能配得上如此优秀的肖白。她自然地走到女孩子的面前,向她和新娘问了声好,并且送上了最真挚的祝福。

跟肖白夫妻一番寒暄后,董鹿便找座位坐下,看着这对新人步入婚姻殿堂时那般幸福的模样,她的心里五味杂陈。回想当初,自己离婚姻也不过一步之遥,而如今却是遥遥无期。

以前总觉得婚礼其实是秀恩爱、做表演。但是不知道从什么时候开始,董鹿只要参加婚礼都会感动得痛哭流涕,尤其是看到婚礼上播放新人那么多过往照片的时候。她知道两个人从相识,到相恋,到最后一起牵手步入婚姻是多么的不容易,她由衷地为他们感到快乐。

这一次也不例外,婚礼进行到一半的时候,董鹿就已经哭得梨花带雨了。回家的时候才发现妆都哭花了,父母见到女儿这个样子,就说:"看你,看到别人结婚的时候感触深吧? 幸福就是那么容易让人感动的事情,如果你在这方面多用用心,你也会拥有这样的幸福。"

"爸妈，我知道，你们很希望我也可以像他们一样早点找个人成家。放心，结婚生孩子是每个女人都会经历的事情，我只是比她们晚了那么一点点而已。但是在比她们晚的这段时间里，我做了别的女人做不到的事情。我有很好的事业，我有独立的个性，我爱好旅游，在外面体验了很多不同的人生。这都是我人生的宝藏，值得我一辈子珍藏，我为有这样的人生而感到自豪，也希望你们会因此而感到骄傲。"董鹿见到父母如此说，就将自己内心最真实的想法都说了出来。

回到家后，父母也就没有再多说什么，董鹿便一个人回到房间。以前她回自己房间的时候总是觉得很孤单，尤其在同学、朋友扎堆儿结婚的时候，她收到请柬时，对方都会说希望她带着另一半一同前往，而她最终只能孤孤单单地只身前往。那几年她的压力真的很大，但自从去世界各地旅行和出差，她开始了另一种完全不一样的人生。她在旅行中认识了很多可爱的朋友，他们有自己的梦想，为了自己的梦想而努力，他们有的是单身，有的是情侣，他们的每一天都是那么多姿多彩。跟这样的人相处之后，董鹿也渐渐放开了自己。其实生活方式有很多种，结婚生孩子只是一种传统的生活方式。有些人依靠传统过着自己的生活，却不曾考虑过这样的生活方式是不是真的是他们自己想要的。

董鹿从他们身上学会了如何全面地审视自己、了解自己，找到属于自己的生活方式。现在的她因为工作而快乐，因为旅行而幸福，对于生活有了更多的感悟。

爱情是非常可贵的，但可遇不可求，她珍惜现在所拥有的幸福，也期待爱情的到来。如今的她，真的做到了一切随遇而安。